张潮在《幽梦影》中说："人莫乐于闲，非无所事事之谓也。闲则能读书，闲则能游名胜，闲则能交益友，闲则能饮酒，闲则能著书。天下之乐，孰大于是？"

时光奔流向前，永不止步。但如果问我：最想回到哪一年？我
会笃定回答：2009 年，毫不迟疑。那年，金毛君淇淇、金毛
女生 Happy、猫头鹰先生和我，我们四个都年轻，芳草萋萋，
岁月静好。

冬天晴美的午后，阳光把墙头烘暖，于是这
方舒适的卧榻被猫儿们轮番预订。进出院门
时，常常感觉头顶近前有锐利的目光逼视，
抬眼间，就和他们面面相觑。

棕静螳、壁虎和蜗牛，是夏天的常客。蜗牛在雨后泛滥，损兵折将，只有极为幸运的一只，随我周游"世界"，毫发无损。而螳螂，除了女生总会吃掉男生之外，在初出茅庐时，也难免手足间自相残杀。大自然极度繁盛，也极度残暴。

我曾经应约在园艺杂志上假装成打理花园的行家。其实，我最爱的
季节不过冬春——只有这两个季节，我可以自由出入花园，心无旁骛。
如果你也极端害怕各种昆虫，就会懂我。最新研究表明：对昆虫的
恐惧源自基因——你瞧，我并不缺乏勇气，缺少的只是某种基因。
所以，夏天和秋天，我和院子隔窗相望，原是极好的。

般若波羅蜜多心經

觀自在菩薩行深

般若波羅蜜多時

照見五蘊皆空度一切苦

厄

舍利子色不異空

空不異色

时间缓慢向前，坚定而冷酷。假若正面进击，我们永无胜算，所以，不妨玩些小小的把戏。

在秋分时用丰收的海棠泡酒，

然后在冬至时取出来喝，

秋天的时光，就这样被拉长了。

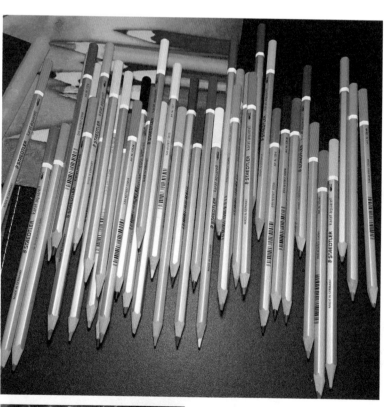

笔墨游戏也很奏效，无论毛笔、
炭笔还是彩铅，在半窗阳光下玩
上一小时，趣味足够延宕到一觉
醒来的第二天。

初冬阴冷漆黑的黄昏，

点几盏小灯，

也能让人开心半天。

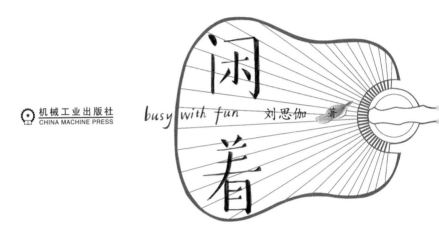

闲着

busy with fun

刘思伽 著

机械工业出版社
CHINA MACHINE PRESS

谨以此书献给我挚爱的金毛君刘淇淇,

感谢与你共享的那些无与伦比的美好闲暇。

自由——真实

戴奉春　北师大附中特级语文教师

读罢思伽交给我的文稿，让我蓦然想起一句俗语："有状元徒弟，没有状元师傅。" 这也许是普通老师的宿命，却也是他们的骄傲。

读着一篇篇流畅自然的文字，仿佛触碰到作者自由跳动的心。确实有作者对我说的"您就当帮学生批改课外练笔"的感觉。

我很庆幸，在教学生涯中，不得不为考试成绩而教给学生作文时如何审题立意，揣摩考官用意，以及开头结尾时如何用语言煽动阅卷老师的情感等所谓技巧的同时，极力在语文老师中提倡让学生坚持写可以随意发挥的"课外练笔"。我以为，只有自由之笔，才能写出真情之文，学生才可能不会把写作视为苦差。

学生写作的本意并非是为了获得考官的赞赏，不过是用另一种形式做思维的总结、情感的抒发，文章不过是喜怒哀乐的书面符号而已。若遇高山流水，或许会有冲激的回应；若遇意见相左，或有批评反驳。如此即已达成写作之目的了。

故我一向对韩文公的"文以载道"不以为然，而推重"我以我笔写我心"的主张。而被推荐在为中学生办的小报和杂志上变成铅字的和出现在我们编辑的学生作文选中的小短文，大多出自学生自由写作的"课外练笔"。思伽则每在其中。

现今录入文稿中的短文，诚如作者所言，内容上，既无经天纬地之业绩，也无励志奋斗之豪情，都是作者对自己日常生活的观察和思索，但这些点点滴滴的记录，确是自自然然无拘无束的，绝不在掩饰或粉饰什么。

因之读起来，间或会有些东西，恰好能触碰到读者隐秘的心弦，触发对生活的新感悟，如孟夫子所言："与我心有戚戚焉。"诚如此，作为小短文合集，其价值亦足矣。

然自由之笔只有在为真实之情服务时才有价值。玉茗堂主人笔下的丽娘，"为情而死，为情而生"，其感人之处就在于一缕追寻自由真爱之精魂。思伽短文的可贵之处，也在于不加掩饰地记录了她对人生的观察和思索。人只不过是地球上万物之一，并未有什么资格从俯视的角度去评判什么。只有如此，你才可能从平凡的小事物中发现与众不同的东西，并与其建立真诚的友谊。就如我在菊花展上，在花朵的娇艳和婆娑中看到的只是人工的艰辛和精巧，而在高山冻土带，闪耀在矮小丛莽中的朵朵小花上，感悟的是生命的坚强。

　　思伽的文章给我的感觉就是如此。她与人，与物，都处于平等地位，才能与之建立亲如家人的感情，如思伽之与淇淇、Happy。也只有如此，朋友才会和她一起揭示出事物中庸俗却真实的一面，如"储物箱"理论；才能写出"衰老，如秋天的落叶，脱帽向冬天致敬"，如此平实却让人有无穷回味的语言；才能不加掩饰地描写收殓完逝去的亲人的遗骨后的众生相，"一颗泪守在眼角，我用微笑凝结了它"。

　　这不由得让人想起陶翁的诗句："魂气散何之，枯形寄空木。……亲戚或余悲，他人亦已歌。"集中一篇篇短小的文字，有时让人觉得暖暖的温情，似要把人融化；有时却又真实得让人从心中感到发冷。恐怕这就是真实的力量。

　　人，只有在敢于直面人生时，才会不惮于袒露自己的胸怀。我以为，思伽的作品，在某种程度上，做到了这点。

　　在如今纷繁忙乱的社会环境中，品茗对弈，小酌论诗，曲水流觞，闲庭信步，已成为一种难得一遇的奢侈品，在励志奋斗，拼搏厮杀之余，读一点如思伽之文的闲散文字，也不失为一点享受。

　　以此杂感，聊以为序。

2017 年 11 月 21 日

目 录

序　自由——真实

开篇　把人生浪费在美好的事情上 001

无论研墨作画，还是从最基本样式开始的针线活儿，抑或是学点儿最简单的木工，哪怕像我一样，兴致来时，下单一套木工刀具，只为雕两只精美的南瓜灯给万圣节凑趣……不都是北京冬天有趣的打开方式吗？

新酒上市的周末 013

冬之闲趣 017

婚姻是个储物箱 021

金色时刻 028

你相信命运吗 034

世间相遇 041

新年快乐 045

一招险棋 050

夜游 057

投掷前任比赛 063

对于生活在北方的人们来说，春分时节尚不敢把厚重衣服尽数收纳箱中。只有进入四月，才能坦然迎接熏然欲醉的桃李之风。杏花春雨，桃花春色，红深红浅之间，阳光烘暖了衣衫。也许春天的每一次明眸善睐，都是历经千古，辗转而来。

幸福未满 ……………………… 077

燕子来时，春风浩荡 …………… 080

狗主人的猫罐头 ………………… 084

怀念一些名字 …………………… 090

口红怀古 ………………………… 097

男女间的误会 …………………… 103

可爱的骨头 ……………………… 108

心之魔法 ………………………… 114

一餐饭 …………………………… 121

微凉的一股小风从柿子树的梢头俯冲下来，好像一骑微型轻骑兵，攻陷了领口袖口，我身上松垮的衬衫顿时被风胀满，PP也在斜阳中忽然凝神，耳根微微竖起。我随她一起侧耳倾听，一起点数着狗粮颗粒落进不锈钢饭盆的哗哗脆响，这一勺，至少有四十粒！

陌生人的美意 141

我从城中来 147

花园奇遇 154

不用上班的下午 165

暑假安住心中 169

城市流浪者 173

忽然一日 180

大暑，宜深宅，宜会友 185

旅行，像风一样 191

捡到一个好朋友 200

习惯和泥土、自然打交道的人充满朴实的智慧。刘工随手摘下一些柿子，"你看，需要离开点儿距离。"但是，多远的距离才算是合格呢？当然，和果树一样贪恋成功的还有人类，我们就是不明白，若不做取舍，最初的果实也会成为最后的灾难。

那个折叠的北京 215

敦煌敦煌 222

负伤 231

距离 237

第一课 243

城南旧事 247

所谓幸运 254

爱的文身 259

梦的钥匙 267

后记 以 41 岁的智慧，答 11 岁的问卷 273

开 篇

把人生浪费在美好的事情上

一寸光阴一寸金，寸金难买寸光阴。一年级入学，我们即已念念不忘这样的句子，虽然年幼的我们并不知晓，柔软的光阴究竟有怎样巨大的力量。但总有些时刻，让我们惊觉时光的汩汩流逝：比如，生日，比如，新年，比如季节更替流转之际。

每个人都是一粒种子，在时间的浇灌下，努力伸展出命中注定的样子，一根枝桠、一道脉络都不会错。于是，三十年后，相似的种子长成迥异的树木，毫无征兆。

当然，如果有心，你仍能发现生长的轨迹。那轨迹就是人生的形状和方向，它取决于你把时光"浪费"在了怎样的事情上。开拓市场？拼搏业绩？各种证书考试？养育子女？侍弄花草？打麻将斗地主？还是花钱买醉，夜夜笙歌？乔布斯在 50 年的生命中改变了世界对于手机和通信的理解，打通科技发展的关节，居功至伟。但他最大的遗憾是没有花更多的时间陪伴家人，特别是孩子。陶渊明放弃功名利禄，成为时间的富翁，但他为款待朋友，常需拔下头上的簪子换酒。当面对他"采菊东篱下，悠然见南山"的诗意生活时，你说，他浪费了大好人生吗？

他们与我们相隔光年，然而我们也有自己等待浪费的人生。是的，我说浪费，而不是使用，不是消磨，不是投入。因为相对于宇宙洪荒，人类的所谓永恒无非是千万分之一的刹那，转眼荼靡。也许做什么都是浪费。但你独一无二的浪费，成就独一无二的人生。每一分钟，每个小时，时光昼夜不停地雕琢你的人生，悄无声息。你在刷朋友圈、打游戏、看网红直播、吃饭时，我在一公里外闭着眼睛听风吹过树梢，还有人在地球的另一端指点着夜空中猎户座腰带上的星星。有人在独自行善，有人在背后作恶，即使无人发现，但这一切，仍将在你的命运里留下痕迹，你将无可遁形。

我曾在深秋的英国小镇，见一位老先生在自家的花园里把刚买来的蝴蝶花移栽进土里，一座普通的房子因而焕发了灿烂的生机。我还曾在意大利托斯卡纳的某座小城，见到山坡上的庭院里都放着晒太阳的桌椅，每个人都觉得享受生活比较重要，无论贫富。在这里，没有人会为了做成一笔生意而延迟打烊时间，只有一家店铺例外——那是一对中国夫妇开的廉价皮具店。我该怎么描述心头的感受呢？当我在异国他乡面对如此勤勉的同胞，我看得到他们的殷勤，同时也看得到他们的不快乐。他们卑微的笑脸有点眼熟——午后我在城中闲荡时，在半山的街心花园里撞见一位呆坐的中国老人，应该就是他们的父亲了。他们积极赚钱，做一切有助于财富积累的努力，或许为了孩子的未来，或许为了自己的未来。

但他们的今天到底抵押给了谁呢？未来的富有能赎回今天的快乐吗？在与时光的交易中，我们该如何达至收支平衡呢？

少男少女们总会对未来充满期待，各种美好愿景涨满了年轻的心：迎娶白富美，走上人生巅峰；实现小目标，先挣一个亿；或许只简单地希望嫁入豪门，从此锦衣玉食高枕无忧……不过，这些愿望可能永远无法实现。我们也可以追求些更容易成真的目标，但即便如此，我们仍然可能失败。但是在失败中，我们依然有机会塑造更好的自己。我们会为很多事情坚持，比如爱情，比如锻炼，比如信仰。可是，世界上最难坚持的事情难道不是生活本身吗？有生之年的每一天，我们都在学习怎样面对挑战，学习如何在了解惨痛真相后仍能笑对人生……

站在匆匆而过的时间长河岸边，我们不是第一次发现，这世上的一切都很短暂。人生聚散无常，感情易碎，婚姻也不牢靠。很多东西，不过一眼万年。但短暂的另外一个名字难道不是宝贵吗？假如一个人一件事永远存在，永不改变与消失，那我们还会珍惜它的美好吗？以人性现状而言，恐怕很不乐观。

岁月有着最不动声色的力量，让陌生的人相爱，让相爱的人分开。当你带着对"短暂"的警觉继续生活，你才能彻底拥有生活，也才能真正享受生活。你若宽厚，世界会加倍温柔；你若计较，世界也加倍悭吝。

昨日倏忽而逝，明日翩翩来临，人世古旧，人事常新，循环往复，千秋如此。你准备把生命浪费在怎样的事情上？想好了，就开始行动吧。

那是一场绵密的双子座流星雨，在晴朗冷冽的无月夜，一切条件都最适宜，我们于是特意来到院子里，裹紧衣裳，恭候盛大的流星雨。就那么仰着脸，等。那夜，我们数到了一打流星，有的许愿，有的忘了，因为它的爆发和消逝都实在迅疾，让人猝不及防。

冬

立冬　水始冰，地始冻，雉入大水为蜃

小雪　虹藏不见，天气上腾，闭塞而成冬

大雪　鹖旦不鸣，虎始交，荔挺生

冬至　蚯蚓结，麋角解，水泉动

小寒　雁北向，鹊始巢，雉始雊

大寒　鸡始乳，鸷鸟厉疾，水泽腹坚

博若莱新酒上市给清冷的冬天一个甜美的开头。

消磨更多的室内时光，必得开发出更多的游戏来。

煮黑茶的铁炉用来烤面包和白薯也很不错，
而且木炭特有的气息会把家的温暖一下推进到大门口。

水仙、灯笼、点心、福字和花雕构成对抗严寒的一整套仪式。人
在苦寒季节格外依赖甜暖的香气，所以，水仙和蜡梅必不可少。

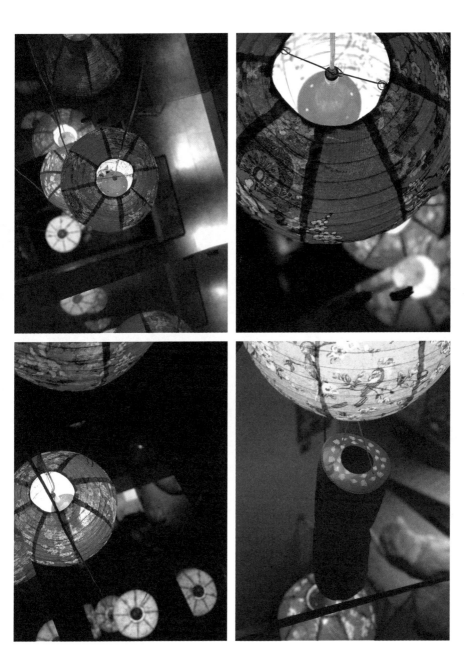

白雪和红彤彤的春联、糖葫芦什么的最相配了，
胖金毛们也是温暖的一部分。

新酒上市的周末

飘雪的周末，坐在电路出现故障的客厅，刚刚敷着面膜煮完黑茶的我，有一搭无一搭地写日记。自制奶茶在手边冒着热气。两只金毛猎犬在各自的垫子上酣睡。不用算我也知道，至少还有两笔文债未还。但，就是不想写，那些命题作文。

眼下这篇，也是久拖未决，曾经设想的无数个开头，一个也没有落笔。我相当不确定，有谁会对我这些寻常又古怪的心思感兴趣？

初冬湿冷的午后，遛狗，走在被银杏和梧桐的落叶交相覆盖的小径上，自问，我有什么资格写一本关于生活的书，告诉别人我是如何看待这个世界的，又是如何懒洋洋地坚守自己想要的日子？尤其还经过无数次内心交战，双方互有胜负。

每个人生而不同，想要的生活必然也不相同。我的选择实在未必高明。甚而，这些选择本也没有高下之分。我不擅长自我吹嘘，所以，只能老实说话。而老实说，我的生活极其平凡，没有任何事迹，一点儿也不传奇。而且，我已经41岁，只是小有名气，事业乏善可陈。而且，我从未富贵，生活仅属小康。而且，我虽然已婚，但无孩可晒，这个"硬伤"想必会让我在"人生赢家"的大赛中，首轮即遭淘汰。说来也怪，"人生赢家"这项赛事，从未有过市场推广，也没见金主倾囊赞助，但却实实在在根植于无数人的信念里，选手们夜以继日，废寝忘食，披荆斩棘，奋勇争先。还好，我不是选手，我是观众。生活虽有艰辛，但没有竞技压力，随时可以停下来，歇一歇，看云，听风，发呆。

我妈特别反对我发呆，以及不赞同我把时间和金钱浪费在一切没用的事情上，比如，给狗按摩，读大开本杂志、侦探小说，买过多的围巾以及煮茶喝咖啡。不，我妈不是军人，她只是对我的"懒惰""不上进"大为不满。而我，就在她老人家孜孜不倦催我奋进的碎碎念中，晃晃荡荡地走过了20岁，30岁，以至如今的40岁。现在的我，一定是让我妈失望透顶。她总认为以我的"聪明才智"，如果辅以足够的勤勉，一定能够成就一番像样的事业。我觉得我当初一定也曾经因为这事儿内疚过。但很久之前我意已决，不为任何人的期待而活。

过去的时光，对我而言，值得记住的，全是些"无用"的小事。回溯一个月，首先，我埋葬了一只被野猫残害的百灵鸟。其次，有生以来第一次，亲手雕刻了一只南瓜灯，用一把水果刀刻出一张龇牙的笑脸，手艺还不错。第三，周末逃开酒会，和同是天蝎座的先生（后文中他有了个新名字，叫猫头鹰）一起躲在酒店房间里点餐，像野餐的小学生一样庆祝生日月份的到来。第四，帮助一位家在外地的朋友，挽救了她重病的金毛。第五，每天观察在花园门旁结网的那只大蜘蛛，直到第二场小雪之后，它再也不出来。第六，在花园的木甲板上遇到一只枯叶色的螳螂（后来我得知它的学名叫棕静螳），拍照留念。第七，在结婚纪念日晚上品尝那支名叫"活灵魂"的智利红酒，味道好极了。第八，访谈一位年轻有趣的打击乐演奏家，并且对那个长得像飞碟，能发出空灵音色的，叫作"hang"的怪异乐器一见倾心。第九，剪下院子里爸爸种的青蒜，切碎，撒在炸酱面上，味道浓郁地道。第十，探访医院的艾滋病房，和患者以及医护人员聊天……还有就是，一大堆起床后记录在本子上的，五彩斑斓又稀奇古怪的梦。

　　没有一样记忆是关于成功的，也没有一样可以创造价值，更加没有一样和时下的热词有何干系。但，我坚持认为，这就是生活本身。你没在证券交易所敲锣，但你仍在生活；你没在开幕式走红毯，但你仍在生活；你没在双十一那天入手任何物超所值的便宜货，但你仍在生活。其实，世界潮流没有想象中那样和你关系紧密。扰动我们情绪的还是那些如常旧事：比如，非要死扛到11月15日才开始的供暖季。比如，频繁跳闸且屡次检修无效的自家电路。比如，遮天蔽日的雾霾。比如，毫无预兆和规律可言的交通拥堵。比如，秋冬季节在办公室肆虐的流感病毒。再比如，在深秋的某一天忽然出现的星巴克红色纸杯。

机场的书店里充斥着在"人生赢家"大赛中技惊四座的金牌选手们的奋斗故事、成功回忆和获奖感言，倒确是鲜有"我的观赛日记"之类。这样一想，我的这本书，作者生活着，观察着，思考着，试图发现着……倒也不失为一种补充。只是，如果听说我专为发呆和感悟人生这事儿写了本书，我妈一定会大跌眼镜，进而不信任地追问：人家肯定不知道你连一顿像样儿的饭都做不出来，换季的衣服堆一个月才洗吧？你看，我不是女神，所以我压根儿没打算掩盖人生缺点。

有心理学家曾经就如何选择伴侣的问题建议年轻人，当你觉得真正被看到的时候，就是那个人了。我也如是，希望那些和我一样以自己独有的方式热爱生活的人，通过我的这些文字，能够感觉，我们都被彼此看到了。

每年 11 月的第三个星期四，是法国传统的博若莱新酒节。博若莱地区是公认出产全世界最棒的佳美葡萄的地方。博若莱新酒节已经成为世界范围庆祝当年葡萄收获和酿制的节日。今年（2015年）的博若莱新酒上市正值巴黎恐袭一周。这篇文字临近完成的晚上，猫头鹰先生带回一支博若莱新酒。我本来并不喜欢佳美葡萄，但这一次，一杯清淡的新酒，却芳香四溢，格外动人。

勇敢并不只有悲愤交加这一种表情，还可以平静地坚持，让生活成为你本来希望的样子。

两只金毛猎犬第十次挤过来，打断我的工作，我觉得必须接受他们的建议，一起玩一会儿。

冬之闲趣

一场初雪把秋天的颜色从树梢抹去，漫长严寒的冬天正式开篇。滴水成冰，呵气成霜，北京的冬天既不容混淆，也绝不可能忽视。

记忆中，典型的北京冬天是这样的：屋外，北风中的几股乱流奔跑嬉闹，做着大自然的凛冽游戏。檐下的冰柱，窗边的冰花，全部是他的拿手好戏。除了打雪仗、堆雪人，习惯的户外锻炼以及为了生计的奔波，大多数人宁愿待在室内，待在一切暖和的地方。

在游客眼中，北京冬天多少有些寂寥，隔离带的月季，马路边的景观草、槐树都已枯槁凋零，公园里本应常绿的松针竟然也暗淡了许多，显得老态龙钟。我甚至看到过这样的句子："当我漫步在清幽的胡同、爬上险峻的长城、走近故宫高大的城墙、在昆明湖畔吹着猎猎北风欣赏日落时，心中一股豪迈之情油然而生，这是北京的冬天，每一步都是一段历史，虽然天气冷，却也冷得干脆。"

若你像我一样，生长于这座古旧而喧嚣的城市，听了这番话，一定忍俊不禁，没有糖葫芦、烤白薯、涮锅子以及呼呼腾着热气的火炉子，怎能算是在北京过冬呢？仅仅在长城、故宫、颐和园漫步，乃至走街串巷，这要能找到北京的冬天才奇怪呢——所有马路不过是西北风宽阔或狭窄的通道而已，而地道的北京冬天，在生着蜂窝煤或者煤球炉子的四合院民居里，别有洞天。

因为外面天寒地冻，所以才开发出来许多不必出门即可获得的小乐趣。写这篇文章的晚上，正好见一个80后北京男生发朋友圈："小学时候帮奶奶骑着三轮儿换蜂窝煤搬大白菜，晚上看《渴望》的时候，奶奶就从炉边儿给我拿个烤白薯吃。"冬天家里暖暖的炉子，这可能是几代人共同的记忆了。炉子上可以烧水，炉台儿上还可以烤上馒头、白薯，满屋香气自不必说，先暖手，后下肚，这就是冬天的独特滋味了。

约莫30年前的冬天，巧手的主妇们还有特别多的机会展示她们的才华。从入冬开始，絮棉衣棉裤，织毛活儿，为孩子裁剪过年的新衣……谁家的孩子穿得体面，怎样的棉衣棉裤既时新保暖又容易穿脱，最大限度方便上幼儿园和小学低年级的孩子，这些都是主妇们交流的话题，有时更互相交换传递报纸做的衣服样子……这些还只是无关风雅有关生活实际的手艺。那些诸如剪窗花、画九九消寒图，则是更老的一辈人关乎冬天的记忆了。

梁实秋先生在《北平的冬天》里写过这样的段落：北平的冬

景不好看么？那倒也不。大清早，榆树顶的干枝上经常落着几只乌鸦，呱呱的叫个不停，好一幅古木寒鸦图！但是远不及西安城里的乌鸦多。北平喜鹊好像不少，在屋檐房脊上吱吱喳喳的叫，翘着的尾巴倒是很好看的，有人说它是来报喜，我不知喜自何来。麻雀很多，可是竖起羽毛像披蓑衣一般，在地面上蹦蹦跳跳的觅食，一副可怜相。不知什么人放鸽子，一队鸽子划空而过，盘旋又盘旋，白羽衬青天，哨子忽忽响。又不知是哪一家放风筝，沙燕蝴蝶龙睛鱼，弦弓上还带着锣鼓。隆冬之中也还点缀着一些情趣。

这些文字让你读出了什么？冬天让人不寒而栗？还是，你也像我一样好奇，那些沙燕、蝴蝶、龙睛鱼的风筝是怎么扎制成的？稳稳地起飞，背着那些清脆的锣鼓。从我的爷爷糊风斗、搭葡萄架、扎风筝、纯手工制作卷烟器乃至可折叠衣服架和耳挖勺（而爷爷的职业是中学教师），我便可以想见，过去在北京生活的不少男主人，大概除了挣钱养家之外，仍然乐意做一切可以使家庭生活变得美好的手工，这便是富于传统北京趣味的手作之美了。

郁达夫先生则更加坚决地喜欢北京的冬天，他坚持北方生活的伟大幽闲，只有在冬季，使人感受得最彻底。他笔下的北方人家，总只是矮矮的一所四合房，在这样简陋的房屋之内，你只消把炉子一生，电灯一点，棉门帘一挂上，在屋里住着，却一辈子总是暖炖炖像是春天三四月里的样子。而北平的冬宵，在他眼中更是一个特别适合于看书，写信，追思过去，与作闲谈说废话的绝妙时间。

越是外面风紧天寒，吹起卷着雪沫的西北风，越显得室内和平安详，岁月静好。冬季漫长苦寒，但如果能够找到自己喜欢的，又能不让手指僵硬的活计，意味便大不相同了。手作，大概就是一种想要慢下来好好生活的态度吧。

对我而言，久坐桌前，敲击键盘，不觉腰背僵直酸痛，若此时离座去厨房煮一壶花雕，再趁酒酣耳热临几页最爱的字帖，适为最好的休息。写《多宝塔》时，颜真卿刚过不惑，而《勤礼碑》完成之日，他已年届古稀。从小雪到小寒，《多宝塔》而《勤礼碑》，一路追下来，仿佛我也已经皓首苍颜，垂垂老矣。但抬眼见窗外细雪飞扬，脚边金毛酣睡，此中至乐，无人能说。

无论研墨作画，还是从最基本样式开始的针线活儿，抑或是学点儿最简单的木工，哪怕像我一样，兴致来时，下单一套木工刀具，只为雕两只精美的南瓜灯给万圣节凑趣……不都是北京冬天有趣的打开方式吗？

婚姻是个储物箱

雾霾的周末，和远道而来的老朋友喝一杯咖啡，算不算是一种好的选择？如果再加上你已经连续两天缺觉，而厨房里的海棠酒才只做了一半呢？好吧，我同意，当时，我情感的天平微微倾斜于宅在家中。特别是，我刚刚在和 Happy 散步的时候抓拍了一组相当美好的照片——其中的一张被老爸盗图，他发了朋友圈，说：优雅的 Happy。

我爸也喜欢给狗狗拍照，但是他镜头中的 Happy 总是不如我拍得那么轻松安闲，原来我以为是摄影技术问题，后来发现：大概只有和我在一起的时候，Happy 才会彻底放松，然后展露出无比娇憨的一面。

人也一样吧，和不同的人相遇，展现不同的侧面，有时坚硬，有时柔软。想到这里，天平的砝码重新分配：对于一个刚刚郑重其事开了两天几百人会议的女人来说，宏大叙事的生活桥段之后，特别需要一些软糯低语。此时，还有谁比从不到 13 岁时就认识的女性好友更合适做交谈对象呢？我于是迅即收拾停当，驾车一头冲进城区的雾霾里。

清先于我两分钟到达。我老远挥着手，坐在落地窗对面的那一位一头长直发的女生，一袭黑衣，那无疑就是清了。从学生时代我就发现，清无论走路还是坐姿，后背总是挺得直直的，大概源于小时候学习钢琴舞蹈的经历。

但一个从小泡在音乐和舞蹈教室里的小姑娘，后来居然长成了穿着黑色法袍的法官大人。而我，一个曾经想当女法官的人，却终日枯坐在话筒面前，看来命运的大手始终环绕着我们，日以继夜摩挲生活，时时不忘拨乱反正。

单身时代，我们聚会频仍，喝茶、吃饭、聊天，聚会的范围从四个人而三个人，而两个人。清和我，住家各踞五环路一端，颇有些我住长江头君住长江尾的意思。而当年小团体中的另外两个，均已成家，长居海外，更难谋面。

作为在各自职场争逐杀伐多年的悍将，吐槽上司或挑剔同事这类话题已不能占据我们私人聚会的宝贵时间，姊妹淘的闲话大多围绕着婚姻和爱情这波永恒的主题。

清的过人之处在于，她从 22 岁大学毕业进入民事法庭，开始接触和处理各类家庭纠纷和离婚案件，算来已近 20 年。像所有法官一样，她的职业生涯也从书记员开始，而生涯中第一起印象深刻的案件，就是离婚。当年正流行以夫妻性生活不和谐作为离婚理由，那个离婚案中的男的是原告，指责他的太太像个烟囱似的没一点儿感觉，所以，不和谐。清说她当时都傻了，不知究竟应该怎么记录下来……讲这些的时候，我仍能从清的眼神中感觉到当时的慌乱和尴尬，我甚至能够想象出她绯红了面颊目瞪口呆的模样。那时，她初出校门，自己还是十足的恋爱菜鸟。

"当感情不再，为了离婚，什么都可以说出来，一点隐私都不给自己和对方留，太可怕了！"她仍心有余悸。

"那……职业里面对的这些，会影响你自己的婚恋观吗？"

"影响肯定有。觉得书上都是骗人的，根本没有情比金坚的爱情。时间长了，能变成亲情就阿弥陀佛了。"清的语言里充满市井的灵动，"负能量"们因为沾染了活泼的烟火气竟也有了一丝妙趣。

"然后呢？什么时候开始自如，听这些情节面不改色心不跳？"我的访谈特质常在朋友聚会时爆发。

"有一阵子，我都不想结婚了，觉得自己一个人有什么不好呢？后来听着听着就麻木了，再恶心再悲情，也只当成一场戏来看。再后来，我觉得婚姻失败没有绝对的对与错，就算你像《渴望》里的刘慧芳那么贤惠，也还是会有问题，谁让你的好和他的需要不搭嘎⊖呢？当然，也有人摊上了那种真正的渣男渣女，那就别磨叽，赶快离了，好找自己的新生活去。"

⊖ 不搭嘎，方言，不搭界的意思。

说起某位文化名人的离婚案，清至今愤愤："这个人太讨厌了，和老婆锱铢必较。其实，办案时我倒没注意他的身份，是他自己和他老婆说他很有名。后来，事情过去很久，我才听说这位学者名头确实不小。当时我就感觉，名人也不过如此，在金钱面前，一切伪善的包装都会褪去的。"我脑补此君在媒体出镜时的真容，觉得他近来益发出落得神头鬼脸了，于是当下认定面相学诚不我欺。

"凡是到了法院的离婚案子，一般男同志在财产上都挺斤斤计较。是不是男人，大不大气，跟身份没关系。有的时候你看着像小混混儿的一个人，反倒非常痛快。"

"我讲讲我总结的婚姻理论吧。"清今天谈性大好，我抿一口拿铁咖啡，洗耳恭听。

"我对婚姻有个箱子理论。"

"箱子？"

"是啊，每个人都要往箱子里放些东西，然后，再拿些东西。如果你放进去的，正好是对方需要的，而你拿走的，正好是对方能够提供的，婚姻就可以维持。否则，恐怕难以长久。"

我嗫嚅半晌，忍不住反驳："但是好的婚姻应该可以创造出新的东西和新的体验，套用你的理论，就是箱子里是可以发生化学反应的，然后产生出新的更棒的物质来……"咕哝了几句，我决定把剩下的话也一股脑说出来，"否则，你有什么我有什么，互相看好了，直接交换，各取所需，不就行了么，还要那箱子干吗呢？"

在清的面前，我无法冒充婚恋专家，不过，我也有我的优势。

相较于清经手的那些离婚案中的男主女主，我在大多数时间里，仍对婚姻持谨慎乐观态度。你知道，在这个世界上，即使是最幸福的婚姻，一生中也有200次离婚的念头和50次掐死对方的想法。有鉴于此，我和猫头鹰先生尚未离婚，而且竟然还都全须全尾地活着，我们甚至共同养育着多思的金毛少爷和乖巧的金毛小姐（在父母的鼎力相助之下）……虽然我们从未获评任何的"五好家庭"，但，这样的我是不是有资格冒险憧憬一下某种理想呢？

清看着我，目光中有同情，继而是宽容。一个从业近二十年的法律工作者，理解并原谅了一个不解世情多艰的心智远未成熟的主持人。我们都是那种讨论起问题来寸土不让的女生，好在从未让观点的战火延烧到生活中。

"你说的那种，实在是太罕见了。而我说的这是一般的幸福家庭的准则。当然，这个理论也不太成熟。家庭真好比一个储物箱。夫妻两人各自把自己觉得有用的东西放进去，再从里面取出有用的东西。一旦存进去的不是对方想要的，或者自己需要的在箱子里也找不到，这个箱子就失去了价值。这个家也就面临被丢弃的命运了。"

"比如呢？"

"比如，男的认为给女的钱就行，女的认为还要有爱。以及女的认为把家和孩子照顾好就行，男的还想要浪漫。对不上了，家就散了。"

"真逗！"我心无城府地笑起来。

　　"真的。"清正色道，"很多夫妻都这样，他（她）给的不是另一个她（他）想要的，其实也没多大的事，但家就没了。"

　　"那不就是三观不合么？肯定没好好谈恋爱，或者结婚以后变卦了啊。"我瞪大眼睛，"典型的没好好审题啊。"

　　清也笑："是这个道理。可是真正想明白的能有几个呢。"

　　我恍惚记起大学毕业后，几个好朋友跑到清的家里热络聚谈。男生女生，三三两两散坐在地台上，喝茶，聊天，玩当年流行的"请笔仙"游戏，一干问题无非围绕着那个不知名的 Mr.right 或者 Ms.right，空气里弥漫着不自量力的巨大好奇。小酌之后，清双手环抱，把下巴放在膝盖上，笑着感慨：以后我们成了家，要是几家人还能经常这样聚在一起，多好啊……我记得，其他人并没有附议。所以，当年的清，明明是比我更加理想化的一个啊。

　　当年一起请笔仙，或打包晚餐带到什刹海的游船上，"谈笑间烤鸭灰飞烟灭"的那拨老友，有人早早成家了，有人恋爱又分手，结婚又离婚……现在也都各有斩获吧。那些储物箱里分明还钻出来一批茁茁壮壮的丫头小子，个个都是确凿无疑的软实力，证实着婚姻的大丰收。而我，从未认真期待过扶老携幼共享天伦的场景，更别说若干家庭的大欢聚了。所以，日子过成今天的样子：清每天上班开庭办案，下班尽心带娃；而我日上三竿方才起床，午餐前后带狗散步，然后开始一天工作直到夜深人静倦鸟归巢……也算是求仁得仁。

　　只是当年的我未曾想到，浅笑盈盈的清能总结出来这个充满现实主义精神的"储物箱"理论。或许，真正的乐观主义者才会对当下的愿望有所克制，并对未来充满热切期许。而我是悲观主义者，因为深觉生命汩汩流逝，永不回头，便懒得一再开疆拓土，除了细细地品尝眼前的每寸时光，并无他求。

暮色四合，清和我在停车场道别。重重雾霾消磨了老友重聚的欢乐——这影影绰绰的城市确乎是我们和"笔仙"都不曾料想的未来。所以，婚姻到底是个零存整取的储物箱，还是种瓜不会得豆的种植箱呢？也许所有的精密计划都嫌多余：生命是个轮盘，每个人都没有很大的赌本，无论对未来有什么期待，我们总得下场试试手气。虽说"年少时，幻想让我们富有，而年长后，幻想让我们损失"，但终其一生，谁又能把赢来的筹码带出"赌局"呢？那么，无论何时，只管选你真心喜欢的下注吧，依我看，不在乎输的那一个，或许总能赢。

金色时刻

下午五点半，关门和汽车发动的声音之后，家中只剩下我们仨——我和我的两只金毛猎犬。我把他出门前刚放下的遮阳帘重新拉起，让太阳的余烬透进室内，转身去做一杯黑咖啡。我特别喜欢黄昏，掌灯时分，看暮色和夕阳争夺天空，我借着半窗柔软的光亮摊开日记，涂写几笔，或是兀自发呆。真正喜欢写字的人，对光线、对纸张、对笔尖，都有细致要求，而一天中只有几个时刻格外舒适。所以，我不动声色地拒绝了猫头鹰先生外出就餐的提议，让他一个人出门采买。今天，不用上班，不去健身，我要安坐家中，独享金色时刻。

手机短促的铃音打碎幽静，瑞的消息没头没脑地撞进来："有老的感觉吗？"

瑞是我的老同学，一位极具文艺气质的漂亮女生。我们的学生时代并无交集，而毕业二十年后，却发现越来越多的共同话题。

在我们之间，省却一切寒暄，聊天从来直奔主题。

她穷追不舍："或者说，觉得自己在衰老吗？"

我几乎笑出声来：我亲爱的良师益友，你们真是无时无刻不在提点我的人生，竟然连一个假日的黄昏也不放过。我乐于思考，可事关人生终极目标的题目毕竟太难，不适合这个金色时刻。我端起咖啡，决定在太阳落山前暂不回复。

此时，淇淇正从客厅的那一头踱步过来，我不用回头，也听得出他的脚步。片刻，他已伸展四肢，慵懒卧在我的脚边，不一会儿就在书桌下安然睡去。我静静注视他的睡姿，看他浑圆的后背被落地窗的光线映照得金黄明媚，而肚皮一侧，则是暗影，蓬松微卷的毛随着呼吸均匀起伏……窗外鸟声啁啾，灰喜鹊率领各色鸟等在枝桠上觅食——小区里有的是沉默而丰盛的果树。这一刻美好极了，也恬静极了，真是一天中我的最爱——朝九晚五的人们此时通常在通勤路上走走停停，抑或留在办公室以及食堂。而我，却发现了这个秘密的金色时刻，而且为它着迷。十几分钟之后，天色更暗时，就需要揿亮台灯了。因为窗外景色轮廓还在，映着初上的路灯，所以无须立即拉上窗帘，半明半昧的光像是给世界喷了几下魔幻喷雾。这样的魔法时刻，有时美好得会让人呼吸急促，但它从来不会超过二十分钟。金色时刻转瞬即逝，不容错失，我要喝杯法式烘焙咖啡，静静地和狗狗们待一会儿。

一刻钟后，趁我去厨房为金毛准备晚餐的工夫，最后的天光没入西山，客厅里忽然黯淡下来，日记在灯下才看得清楚。时光就这样在眼前倏忽而逝。我不知道是因为瑞的问题还是秋凉的天气，今天的时间格外匆匆。我有点儿烦躁，于是放下窗帘，打开更多的灯。

"当然。我们在一刻不停地变老。"在重新温暖明亮起来的客厅里，我回复瑞。

瑞的语音跟了过来："这两年我特别不爱照相，不用美图时觉得自己看起来太可怕了。忽然想起茜茜公主，那时还没有照片，但她的画像全部是四十岁之前的，四十岁以后，她就再没有画像传世了。现在想想，还挺能理解的。"

她总是那么锐利！我笑，脑海中浮现的却是罗密·施奈德的盛世美颜，以及，她在《老枪》里的中年样貌。只有美人迟暮才是悲剧，我不是美人，自然无法体会其中的深刻悲凉。瑞的敏感和颓丧，也部分发端于她的美貌吧？

但是，人过四十，终于可以试探着谈论与老有关的话题，这未尝不是一件好事。有同龄人乐意提起这些，而不是孩子升学以及生育二胎，我心下着实欢喜。

遥想一年以前，我把台湾著名女作家简媜的新作《谁在银闪闪的地方，等你》推荐给同事，这位与我年龄相仿的男生居然惊讶地跳起来："你已经开始思考老年问题了？我可还年轻呢。"我反唇相讥："虽然孩子让你忙得忘了自己，但这不代表你没有变老啊……"

老化领域专家史蒂芬·奥斯泰德写了一本书，叫《揭开老化之谜》。他说，老化是生物上一个矛盾的现象，只不过很少有人懂得欣赏它。它是一个几乎全体物种都有的现象，而且其种类变化可以说是无止境的。一只蜉蝣只活二十四小时，一只苍蝇只活一个星期，一只狗或许十几年，一个人最长超过一个世纪，而一棵树可以活一千年或者两千年。既然所有物种都必然老化，人类也就没什么好抱怨的了。

好吧，写到这里，我可以大方承认，之所以我的同事没有像我这样关注老去的问题，很有可能因为他有一个三岁的儿子，而我有一条十一岁的狗。狗的生命远比人类短暂，所以，他的成长和变化常让我生出白驹过隙的感慨。而狗狗也不过是在路演快进了六七倍之后的我们的生命旅程。

我经常想念当初他还是一只小奶狗的时候，毛茸茸的顽皮样子，想念他从草地上蹒跚地奔向我的可爱样子，但是，我也享受更深露重的深秋夜晚，他伸展四肢，躺在书桌下，我脚边。我敲键盘，他偶尔打鼾，我们彼此陪伴，惬意安闲。他不再是矫健莽撞的小伙子了，也不再适于在山路上追逐野兔，更不能爬楼，但是，我可以把书桌搬到一层，我们也可以在平坦的田野上漫步，所有的一切依然带给我们很大的快乐。

我再回复瑞："拍照必须美图啊。我拍桌子都要美图，不然它就不是我心中的那张桌子。"说罢，随手加上一个阴险的表情。

敷衍和玩笑不能干扰瑞的表达，她的声音有点颓废："我就觉得特别懒得照镜子，简直不想看自己。这两年一直就是这种心情，以前从来没有。"

　　"有时候觉得健身似乎可以让状态回升一些。"我咕哝了一句，情知这劝说苍白无力。好像你对一个刚从美发店走出来的人热切恭维：好看啊，新发型！年轻了五岁！但心下明明知道，如此这般理数十次，他定然老去三五年。

　　如果玛丽莲·梦露活到八十岁，儿孙绕膝，还能成就一个时代的性感传奇吗？这个谜题绝少有人探究：对于观众来说，芳华永驻从来比颐养天年更经得起推敲。何况无论是谁，都不愿体会机能退化带来的种种不便。而面对失能老人，大概很少有人不产生联想：病榻上的那一位若换成是我，该当如何？

　　三四年前，我曾热心向高中群里的同学推荐我从台湾诚品书店背回的一本译著：《为自己准备一本独老幸福存折》，结果应者寥寥。一位男生私下提醒：有的同学不愿多想老年的话题，你不要说太多哦，他们也许会不开心。我于是识趣地噤声。此后，我们只会私下交流读后感，凡在群中，便围观大家晒娃，兴高采烈，再不多言。

　　可是，四十岁的人，终究难以绕开"老"的话题。眼见年长两岁的一位医生刷出朋友圈："老了就老了，病了就病了！医生问九十岁的病人，家属呢？六十多岁的老人应道，这儿呢。"我不知道他的感慨缘何而来。又或者，时值秋分，寒来暑往，每个人都在进行类似的思考？仿佛秋天的落叶，是在向冬天脱帽致敬。

　　这个季节，咖啡冷得像日落一样快，我们当然也无法永远贪恋夕阳而假装黑夜永不降临。不过，正像这世间所有的事情一样，老年生活其实也是好坏参半。这好坏并不由我们的观感决定。一个皮肤吹弹可破的人很可能并不知道自己要过怎样的生活，情感纠葛、名利纷扰也徒然耗费身心。倘若他的灵魂在半生颠簸之后的某个早上忽而宁静澄明起来，那后面的二三十年，了却牵绊，难道不是轻快自在的神仙日子？美中不足就是：人生的智慧必须以丛生的白发、堆叠的皱纹和浑浊的眼眸来交换。这笔交易，你要不要欣然同意？

某个下午，小区狭窄的道路上，我开车缓缓地跟着一位拉小车的老太太，不忍鸣笛惊扰，她的车里满载着蔬菜，大概是一家人的晚餐。一路凝视她略微佝偻的背影，我不觉出神：如果我七老八十，却仍满怀买菜做饭的热情，这是否说明我仍然有着好身体和好胃口？或者家中还有一位金婚的饕餮老伴，而我们仍然彼此恩爱。相形之下，脸上的皱纹和斑点，不单不是可怜的象征，反倒可以看作是人生的勋章呢。

其实，无论怎样定义，属于你的金色时刻总是转瞬即逝。不如，就由它去吧。只要你相信跨越暗沉的山头，始终有轮红日，在世界的某处。

不过，这样的观点，瑞会赞同么？我实在拿不准。

你相信命运吗

约莫三四年前，命运开始成为我的"科研"课题。在长达一小时的访谈节目中，我有大把机会堂而皇之地探问各位嘉宾的人生故事，这个问题就像锅中的一粒玉米，总会在适时跳出来，炸裂成一朵米花，带着温暖或感伤的香气。

咏是一位年轻而出色的小儿神经外科医生。在我的要求下，他翻开身心俱疲、情绪低落的往日记忆。他给我讲了这个故事。

2006 年，来自江苏农村的一个男孩如愿考入北京顶尖的大学，他成绩优异，各方面表现卓越。可是，不久，这个 19 岁的大学生因罹患颅内肿瘤，被送到这家国内最顶尖的医院。咏是他的主管医生。科里请来经验最丰富的老专家会诊、手术，手术过程也很顺利。按说病人应该慢慢好转，出院，接受下一步治疗。可是，一周以后，病理结果显示，他的肿瘤恶性程度较高。即便如此，应该也还有机会。但这男孩的情况就不由分说地越来越差……核磁共振复查结果，肿瘤高度扩散。男孩没法坚持，终于神志不清。尚且清醒时，他问医生，为什么人生这么不公平，我还没有谈过女朋友呢。最后，人已经彻底没有任何希望，他的父母决定用救护车把他运回老家。那是一个微冷的傍晚，咏陪着男孩的父亲，用担架车把他送上救护车。临走，男孩的父亲给了咏一个拥抱，说："医生，谢谢你。再见。"

咏说，车门关上的一瞬间，他的眼泪开始不可抑止地流淌。这个病人的处境，让他难过到无以言表。男孩的爸爸其实没有稳定工作，靠摆摊修自行车维持生计，而男孩的妈妈是残障人士。

这个故事凄怆到令人语塞，我倒吸一口凉气。

"你相信命运吗？医生相信命运吗？"终于，我向他抛出问题。

他怔："我相信命运吗？这是一个特别好的问题……"

思考片刻，他神色凝重："我经常会被问到，医生为什么我会得这种病？其实对于脑肿瘤的发病原因，现在还没有特别好的解释。在我读医科大学之前我是不相信命运的，但是，在我工作了这么久，在病房里见到这么多生离死别、人情冷暖之后，我就相信命运了。"

"可能命运是一个最好的解释。"

"对，因为已经没有办法解释了。"

幸亏这是那天访谈的最后一个故事。我记得泪水悄然而下，我需极力控制，才不让声音颤抖。

面对冷酷的最终"判决"，这位被命运围剿的父亲竟然没有失控，没有指摘，没有怨怼。他完全有理由愤怒，但他选择了平静接受。然而，保持这种平静需要多大力量啊？为保全尊严——自己的尊严、爱子的尊严、生命的尊严——他是不是已经拼尽全力？那位看似卑微的父亲，实则有着高贵而伟大的灵魂，令人动容。

你相信冥冥之中，自有安排吗？我问交通规划设计专家新。

他说自己直至研究生二年级才第一次来北京，那是 2002 年春天，一个周六的早上。他来北京是为了落实实习单位。周一一大早，寄住在政法大学朋友宿舍的新，准备去这几家意向单位做做努力。刚好，校门口有个 719 路公交车站牌，广安门是其中一站。人生地不熟的新记得某研究中心就在广安门，于是直接坐车前往。后面的事情异常顺利：一位负责人接待了他，中心成立不久，正值用人之际，于是他被留下实习，并在一年后毕业签约，正式开始工作，一切顺理成章。他现在仍供职于此。

"校门口的公交车正好能到研究中心，这好像是命运的一种安排啊……"

"我也这么认为。一个很偶然的东西真可能会对整个人生轨迹产生很大影响。其实当时我还找了一家单位，那家单位就在朋友学校的对门，但是当时我的朋友竟然全然不知。这可能就是冥冥注定吧。"

其实，在西安，新也联系过后来供职的这家研究中心，但被对方婉拒，理由是人在外地，不太方便。他这才决定专程到访北京，以显示自己的诚意，同时也争取到面对面交流的机会。所以，如果没有这个努力，也就没有后来的冥冥注定了。大概老天爷特别喜欢一根筋的孩子，而命运也会帮助那些已经足够努力的人。

同样来自西安的打击乐演奏家小黑最初苦练音乐不过是为了高考加分。作为一位痴迷物理的学霸，小黑原本是老师眼中考清华北大的好苗子，没想到在艺术特长生这条道路上他竟然假戏真做。在北京，他遇到专习打击乐的老师，然后就这样一头扎进了打击乐的世界里，物理，竟然就这样被抛在了脑后。这算不算是命运的安排呢？小黑说，他有点相信命运的大手。虽然，这双大手，让他的高中老师多少有些气恼——好好的一个物理苗子，就这样被扒拉到了音乐的田地里。

派出所的副所长英不像和他同龄的很多男生，他从小的志愿与警察无关。他梦想做播音员，为此，经常在课余参加各种演讲比赛，乐此不疲。可是，高三的某个下午，放学时分，教学楼前忽然聚集了人群，公告栏被围观了。见到里三层外三层的人墙，英灵机一动，索性放弃挤进去的努力，支起自行车，让同学扶着车，自己踩在后座上，向前探看。被围观的是警校的招生简章，那上面有关于警察生活的描述，诸如散打、格斗、特驾、骑马……于是，十几岁的大男生一下被点燃。他第二天就告诉父母，他要上警校。当然，真正的警察生涯并不像招生简章上广而告之的那样，甚至，有巨大的落差。不过，真正做了警察之后，某天闲来无事，翻看小时候的相册，英惊讶地发现，他早在6岁时就身着儿童版警服，像模像样地拍过一张照片。他笑着问，你说，这当警察的命运，是不是冥冥之中早就注定了？

有些决定在决定的当下似乎并非最好的选择，但生活最终会告诉你，没有比这更好的安排了。当你欣然接受，再回首，早已匆匆数年。

至于我自己，一个曾经想当医生，也想成为服装设计师，还曾短暂地想要撰写广告文案，以及梦想过成为出庭律师和法官的我，最终进入了一个小时候作文里从未想象过的职业：广播主持人。也许，在某一时刻，这个念头也曾经一闪而过吧，关于坐在话筒前，和不可见的知音们倾心交谈。

某天，小红姐问我邮箱，说要发给我一个音频文件，文件太大，没法微信。我心领神会："是我人生第一次展现了主持人特质的那段录音吧？话特别密，特别不正常……"

她忍住笑："你这段录音让我感觉到了主持人风范的萌芽，所以我特别想让你听听。"

回家播放录音已是午夜时分，屋外春寒料峭，而屋里，一片笑语喧哗倾泻而出。小时候，每到寒假，假如远在湖北的大大一家不回来团聚欢度春节，我们就必然会互相录制磁带，加上一些礼物，打成一个包裹，托相熟的列车员带去。录制磁带是家中盛事，在京人员须悉数出席，一旦按键揿下，现场直播般的录制就开始了，既不会暂停，也不会重录。所以，当年的一切声音，尽数收录其中。这段录音是某个寒假，在奶奶家的客厅，用叔叔学外语的录音机录制的。每到暑假，为了迎接返家的叔叔姑姑们，客厅里一般会再支起一两张床来，开会时，全家人就围坐在录音机旁，或坐凳子，或坐床上，会议主持人一声令下，家庭茶话会便正式开始。我打小沉默寡言，除了特别熟悉的亲朋，和别人断断没有话说。即便在熟人当中，我也绝不是能言善辩的一个。但是，在那段录音中，或许是绵软的被裹垛让坐在上面的我备感舒适和鼓舞，于是，滔滔不绝。录音里的那个我，确实妙语如珠，各种插科打诨抖机灵，连下茬儿也接得严丝合缝，一路起承转合得不亦乐乎。我的兴奋也颇令人咋舌，现场风头绝对盖过正式的主持人。那年，我七岁？我忍俊不禁——这小丫头实在太贫了，但那些话中分明还有些小小的聪明机巧。

你相信命运吗？

正在撰写家族史的朋友月认为，每个人的命运都是自己选择的结果，性格特点决定了人生走向。她将近百岁的姥爷，漫长的人生中曾经获得很多机会，也错失很多机会，于是，月不由感慨，一个人的命运是由他特别擅长和特别不擅长的事情决定的，擅长的不断带来新机会，不擅长的又让你错过，最后剩下的就是适合自己的机会。人的一生由此构成。

我笑：但，性格难道不是命运的一部分么？性格源自基因，基因不过是命运的一种表达方式。

也许命运从不曲折幽微，只不过当他在你耳边铮铮作响时，你仍得意于自己脑中的蓝图，毫不在乎。直到有一天，他劈手夺过你的试卷，警告你，这是命题作文，不容自由发挥。你才惊觉，从前那些耳语一般的提点，原来句句成谶。哪里是冥冥之中，所有的章节回目原本大剌剌地摊开在那里，有时比磐石坚固，有时比呼吸幽微，只是你都轻巧地绕开了。当然，所有的弯路也难言浪费，一切的左冲右突，无非多做些练习题，帮你把脑筋或者笔尖磨得更锐利。能不能超常发挥，我们总要字迹工整，卷面干净，无论对错，也要在规定时间内答得漂亮。

世间相遇

　　"还和昨天一样，长相思？"

　　"今天不喝了吧，因为晚上我还想去游个泳。"坐定在餐桌前，我和母亲商量。然后笑着拒绝了服务生的提议。

　　每晚我们都在酒店的这间小餐厅里吃晚饭，西式中式菜品都有，还有各色酒水。餐厅不大，安静，每天的客人也差不多，来了两回，和服务生倒像老朋友一般。餐厅的领班是个高挑帅气的男生。在这座口音独特的北方海滨城市，却讲着地道的普通话，尾音里甚至还有些京腔京韵。他穿梭于餐桌之间，动作轻巧迅捷，随时照顾到客人的微小需要。

　　第一天，我们初来乍到，我领着母亲穿过取餐区，刻意挑选了一个安静无人的角落。在坐下的瞬间，他飞快地塞一个靠垫在母亲背后，说这样会舒服点儿。我们从北京赶来处理姥姥的后事，一路舟车劳顿，那天，母亲在飞机上垂泪一路，眼睛红肿哀伤，神情焦灼疲惫。此时，因为一个温暖的靠垫，在听闻姥姥去世消息的 24 小时之后，她的脸上才第一次露出一缕笑容。

好的酒店是个造梦的地方，它会让你感觉到自己的美好尊贵和重要。刚一进门，甜美的香薰、淙淙的音乐就已经开始编织梦境。所以，我才在前一晚执意订下酒店，而坚决不许母亲住到亲戚家。不过，我也只是个客人而已，仓促之下更无法彩排这梦中的每一个环节。所以，一旦入住，就全凭运气了：你是谁，会遇到谁，想想倒也是个值得期待的小游戏。

我在两张桌子间游移不定，一张更靠近书架，更安静，但距离洗手间稍微近了些；另一张在窗边，位置不错，但桌子上专为圣诞节准备的花艺装饰却似乎不够漂亮……我最终选定一张，一转身，才发现有位先生端着餐盘站在我的身后，灰白头发，笑意盈盈。我连忙道歉，怪自己的一再纠结犹疑耽误了别人的时间。他放下餐盘，笑着摆手："没关系，你喜欢哪张都好，反正我只有一个人，无所谓……"彼此微笑致意，然后分别落座。

第二晚是周末，一楼餐厅有活动包场，于是一群聒噪的客人被迫鱼贯而入这间安静的小餐厅。身着夸张晚礼服的本土人士和西洋人士围着一张长桌，大谈珠宝设计和投资，口沫横飞间成百上千亿的银两若隐若现。当中一位最多言的女士，操着蹩脚之极的英语，用三棱形的声线磕磕绊绊地表达着自己，执着得令我头疼。当他们自以为高尚地议论着吃不惯印度咖喱，觉得那是下等人的食物时，我很有冲动告诉他们，英国人类学家凯特·福克斯在她的著作《英国人的言行潜规则》中直接指出，语言里藏匿着真正的阶级密码。至于咖喱，那已经快要成为英伦三岛的国民口味了。我微微侧头，几张网红脸让我彻底丧失了辩驳的兴趣。他们虽然缺少文化和教养，但有的是勇气，在这方面，我自愧弗如。就在他们的声浪快要掀掉头顶吊灯的时候，长桌会议结束了，没有丝毫预兆。好像春天忽然来了，一万只野鸭在某个命中注定的神秘时刻，倏忽迁飞。我长舒一口气，觉得被房顶反弹下来的嘈杂声波像极了一只压在我胸口的铸铁井盖，而就在刚才，它被人搬开了，浑身的气血顿时活络开来。

和对桌的先生目光相遇，还是头天让位给我们的那位儒雅先生，华人面孔，英文却流利得远胜汉语。他向我做了个摊手姿势："Finally！"我笑，餐厅终于云淡风轻。

时光如水流逝，在母亲的坚持下，我们四天的晚餐一直选在25层小餐厅。那个高帅领班也照例每天在我们起身时送到门口，笑问：明天见。回程前一晚，我对他答：明天，我们就不来喽。

"哦？"他看起来有点儿困惑，追到电梯门口。

"明天啊，我们就回北京了。"母亲补充着。

"哦，几点的飞机？"

"四点多。"我迟疑，估算着从酒店到机场的里程，"我们想三点退房，来得及吗？"

"明天星期天……"他也迟疑了几秒钟，"三点，完全来得及。"

"这几天，谢谢关照。"我由衷感激。

"啊，明天还能见面，你们还得来退房呢。我下午两点接班。"

"好，"我笑着致意，"再见。"

"明天见。"他松开一直支撑在电梯门上的手。

电梯门合拢，帅气的笑容和颀长的身影在门后消失。电梯轿厢里，母亲对小伙子的热情周到幽默体贴赞不绝口，甚至好奇他到底是不是本地人士，为什么说着一口京片子。母亲说明天可要好好谢谢人家，而我清楚，明天，我会去一层前台办理退房手续，而不是这里。不是一定避而不见，只是，和人保持一定距离已成为习惯。萍水相逢自有萍水礼数，交浅言深则难免尴尬。

人和人的缘分往往就是刹那间的链接。如同我走出酒店在路上闲荡的时候，偶然溜进一间咖啡馆，点杯摩卡，而那个服务生执意帮我免费升杯，然后又做个完美拉花，递到我手上，才算罢休。好像，这一切，都没有什么理由。如果必须找个缘由，或许，这座母亲曾经从小被寄养的城市，愿意以一种深刻而轻盈的善意拥抱我，让我不至感到过于陌生吧。

新年快乐

　　我怀旧，在特别的时间点更是怀念得一塌糊涂。比如新年，从星巴克启用圣诞杯开始，我就无可救药地惦念小时候的各色圣诞新年贺卡。学生时代，就算顶着期末考试的压力，我们也要仔细挑选贺卡，配合不同的祝福，送给不同的小伙伴。某年冬天，北京大街小巷都飘荡着小虎队《新年快乐》的歌声，那个季节，回想起来，依然膨胀着脆生生的希望。时光荏苒，当年的小虎已人到中年，有人经历了失败的婚姻，有人仍在寻觅另一半。但他们初出茅庐时，那个单纯而嘹亮的时代，经历过的人永志不忘。

　　在所有的青春岁月里，新年都是不可磨灭的一页。联欢会上，抱着吉他弹唱的男生，他的情歌到底有没有特定的对象？交换礼物环节中被抽到的一对，是不是有着不一样的缘分？而那首午休时在英语视听教室学会的经典英文老歌，至今代表着我的青涩年代迎接新年的心情——*Whatever Will Be，Will Be*：

When I was just a little girl,

I asked my mother,

"What will I be?

Will I be pretty?

Will I be rich?"

Here's what she said to me,

"Que sera, sera,

Whatever will be, will be.

The future's not ours to see.

Que sera, sera,

What will be, will be."

......

　　歌词大意是：当我还是个小女孩，我问妈妈："将来我会变成什么样子呢？会漂亮吗？会富有吗？"她对我说："世事不可强求，顺其自然吧。我们不能预见未来。世事不可强求，顺其自然吧……"

　　年华似水，少时的愿望实现了多少，实在难以一一盘点。而在时光的冲印下，一篇30年前读过的新加坡小学生作文，反而显影得愈发清晰。也是新年前后，小学生领命回家，要写一篇有关"爸爸的愿望"的作文。可爸爸对这位小朋友说，他的人生愿望不过三个：吃得下饭，睡得着觉，笑得出来。小朋友觉得爸爸的愿望实在太无聊了，简单渺小得拿不出手。但无法，只能依样写好，然后灰溜溜地把作文本交上去。谁成想，这篇朴实无华的作文却得到了老师大大的赞扬。那篇文章就叫《人生三愿》。每一个走过青春，走到中年的人，大概都会理解，壮志凌云固然是一种人生，而埋头耕种也是一种选择，无论哪一种，日久天长，都不轻易。而如果在四十几岁，上有老下有小的时候，仍然能够每天都吃得下饭，睡得着觉，笑得出来，那绝对称得上是心安理得的幸福日子了。

事实上，那首十几岁时即已念念不忘的 *Whatever Will Be, Will Be* 还有另外两段歌词，而歌的最后一段是这样的：

现在我有了自己的孩子，他们问我："将来我会变成什么样子呢？会英俊吗？会富有吗？"我轻声地回答："世事不可强求，顺其自然吧。我们不能预见未来。世事不可强求，顺其自然吧。"

尽管世事如棋难料，但新年仍然值得期待。从古至今，东方到西方，新年总是始于严寒的冬季。西方最重要的节日圣诞和中国古代"冬至大过年"的传统，竟然如出一辙，人们总是选择在黑夜最长白昼最短的日期前后，大肆庆祝。或许，几千年前，地球上的先民们渐渐发现，当挨过食物稀缺的冬天的一半，他们必须经由盛大的欢庆，彼此鼓励，守望相助，才能度过余下的数九寒天，迎来春回大地。当经历黑暗时，知道它只是生命的一个阶段，而黑暗的尽头，光明正张开双臂等待拥抱你，这就是北半球的人们选择在冬天迎接新年的全部意义吧。

现代生活分工精细，当庞大的城市可以轻易满足个人的日常需要，而毒虫猛兽也不再构成任何生存威胁时，我们也逐渐丧失了庆祝新年的高昂兴致。

正如某天在健身房的更衣室里，眼见一位母亲冷冷地打断女儿想要讨论新年贺卡的热烈话头。

"妈妈，老师让我们自己动手做贺卡，在新年联欢会上和同学互相交换……"

"你们老师真是的，都快期末考试了，哪儿有时间弄这些没用的！"

我不用看也知道，那团欢喜的火焰正在十一二岁的女儿眼中熄灭，声音也黯淡下来。

"噢……"

我想，这位优雅而乏味的母亲一定也有过雀跃生动的青少年时代，从什么时候开始，她喜欢上了这种精明得体而意兴阑珊的生活？并且执意让女儿提早"晋级"成功。

用小学里最后一个令人期待的新年晚会，兑换一份优秀却寡淡的期末考成绩单，这笔生意，对升学，或许值得，但对人生，就未必了。

我真想告诉这个小姑娘，用一套彩色炭笔，花一个下午，就可以画一张最美的贺卡。而你现在并不知道，它可能会有怎样的价值——在今后无数个无聊或阴郁的日子里，它都将成为闪闪发光的回忆，而那些成功或优秀并不能打败无聊和乏味。

但，在小小的更衣室里，我终究不能越界。不过，在这里我可以——文字里，我占山为王。所以，当我问你，新年有什么新计划时，你会不会一边计算着股票基金的盈亏，一边心不在焉地反问：还能怎样呢？就这样呗……那么，让我来告诉你一个秘密：所有的新手，都有非同一般的好运气，在英文里，称之为 beginner's luck。所以，何不以欢喜初心，入恒常尘世呢？每一个日子，其实都可以是初出茅庐。

衷心祝愿，新年快乐。

一招险棋

正月初二，瓶中的蜡梅暖香浮动，阳光轻轻熨烫水仙花瓣，玻璃门上的福字投影在地板，仿佛一块豆腐乳正在融化，音响里循环着小野丽莎的浅吟低唱……我刚刚喝完一杯甜腻的热可可，她从微信里跳出来，忽然化身一位刁钻的提问者，而我也仿佛正恭候一位不速之客。

其实我们从未谋面，她专事写作，我偶尔播讲。我们都喜欢文字，也热衷观察人性。虽然相识不久，但三言两语的对话却颇有趣味。此时她正在家乡和父兄团聚，而我在北京消磨期待已久的慵懒假期。她一向温婉礼貌，但这次却"急促无礼"。我本来可以不答，但还是一一回应——我好奇提问者此时的处境，或许我们的好奇等量齐观，所以，我们互为样本，禁不住彼此打量。

"我一直在想你那天说的话，忠诚不一定是最好的美德。愿闻其详。"她省略了花哨的寒暄拜年，单刀直入。

"这个很重要吗？"我有些懵。

"挺重要的，我觉得。"

"忠诚不见得是爱的最高表达。"

"最高表达是什么？"

"懂得啊，心灵相通。生命中恒有过客，但伴侣是不同的。"

"心灵相通说万里挑一都是高概率。"

"如果没有选对伴侣，忠诚就更没意义了。人最应该忠于自己的内心，我认为这最重要。"

"是。但是大部分人的伴侣都不是你意义上的'对'。'不对'的伴侣也能相濡以沫一辈子，靠道德修养和包容心。"

"这种相濡以沫的价值在哪儿呢？自己对自己都不好，凭什么要求伴侣忠诚呢？应该各奔前程才对。"

她没回答，锐利的话锋一转，冷冷戳中要害：

"你每天都在解决别人的问题，试想过，有天问题发生在你认为绝对正确的人身上，你的反应吗？"

若非笃定我们的生活从未有过交集，我简直以为她马上就要向我揭发某些真相了，告密者仿佛都是这样开头的。这有些越界，但我并未恼怒，或许下意识里，我也乐于和人探讨这样深刻而私密的问题，在不太突兀的时刻。

我平静地反问："比如？出轨？我觉得我能够理解。当然这和谅解不是一回事。"

"然后呢？你的选择是？"

　　"就看还想不想在一起生活了呗，以及彼此是不是找到了更合适在一起的人。我觉得我不会仅仅因为出轨就主动离婚。我只关心他对我好不好，并不追究他还喜欢谁或者被谁喜欢，只要我觉得我想要的生活并未受损。"

　　她顿了一下："我问得太尖锐了，大过年的，原谅我有病。"但她并未停下，"比如你就发现了，你又不会主动离开，那未来怎么相处？"

　　我暗暗叹息，她恐怕是真的遇到问题了——这提问实非设身处地，明明是无可遁形啊。

　　我侧头冥想伴侣出轨被我发现时可能的情境以及我的应对。此时，猫头鹰先生正在门廊摆弄上午采购的一大堆食品。他从一个鲜艳的红纸手提袋里拿出桂顺斋点心匣子，虔诚地摆在圆形茶几上，然后仪式感十足地打开，两只金毛猎犬旋即从梦中惊醒，欢天喜地地向他围拢过去。电炉上，铜壶里的黑茶正冒着热气，准备沸腾……他们不明就里地安详着，对我的"暗算"毫无知觉。我收回目光，指尖回到键盘。

　　"还真没有想过。可以谈谈吧。"

　　"难道出门各喜欢各自的，进门互相都对对方好？"

　　我飞快地敲字："恐怕不会，因为实际上确实从未遇到那么喜欢的。如你所言，我们幸运地找到了灵魂相通的人。"

　　"你是骄傲的人。"她回，显然对我的答复并不满意，甚而想要指出大意失荆州的风险。

　　我的嘴角牵动了一下：写作者果然敏锐啊，我确实骄傲，而且任何人无法摧毁我的骄傲。因为，令我骄傲的并非是拥有什么，而是，我很清楚地知道曾经拒绝什么。一旦明了对自己而言什么是最为重要的，就可以干净利落地丢掉那些生活中并不需要的东西，即使在别人眼中，你的弃物价值连城。因为刻意放手，我认为自己完全有资格骄傲。

　　"是啊。我觉得每个灵魂完全独立，对任何人有任何过高要求都是不切实际的。"我思忖一下，接着说，"只要我认为彼此在对方的心里还是最重要的人，就不会分开。但是最重要的人不意味着就完全没有矛盾和伤害。"

　　我刹住话头，把本来还想说的"人生在世是要见天地见众生的，为红男绿女之间的爱恨情仇徒然耗费精力，这应该是 35 岁之前就已经修完的功课"一股脑删去。有些话，多说无益。这世上哪有那么多沟通，绝大多数时候，每个人只会听见自己想听的部分。

　　拿着一杯滚烫的黑茶，我重新坐回桌前……我们认识不过月余，闲聊从客气有加而活泼拉杂，也只有两周。然而，这已是她第三次提起"出轨"的话头。从当初的小心翼翼，绵延而今，终于成为响鼓重槌。所以，案头山水，或许正是避不过的惊涛骇浪吧？又或者像是扎进柔软指尖的一根芒刺，再纤细，也终究不是皮肉的肌理。而今，为取出这刺，任谁也顾不得姿态优雅。

　　"如果有一天，你发现你认为最对的那个人出轨了呢？"她的问题仍像猎猎风中招展的旌旗，鲜明，迫近，仿佛抬手就能撩拨到旗角。

我觉得我们周而复始，又回到原点。该怎么向她解释，最对的人不等于最不可能出轨的人呢？而心灵相通，从来也不是忠诚的保票。我摇头，看起来，她对她感兴趣的人性并不足够了解。说到底，谁都有可能敌不过人性的软弱。我犹疑再三，这句话终究无法出口。

一位高僧曾经说："在一些亚洲国家，佛教徒转而成为基督徒，或许只是因为基督徒可以拥有华丽庄严的婚礼，毕竟对每个人来说，鲜花、长裙、牧师的祝福都是很值得向往的事情。那么，佛教为什么没有自己的婚礼仪式呢？因为我们总不能在婚礼上说，你懂的，人生聚散无常。尽管谈及婚姻与感情易碎的真相，并不是一件坏事。"

不只是爱情与婚姻，人生的一切无不倏忽而逝。所以，人到中年以后，难道还要执迷于感情的永远吗？除非，你一点也不享受此时此刻。但人生，也无非是由无数个"此刻"链接而成的。

我终于没有戳破。我不愿让她觉得我在开解，就像她并未以咨客的姿态求助。

"字和人不像了……"屏幕上跳出她的话。

之前她曾诚意赞美我的毛笔字非常周正，还说字如其人。所以，她来问我，原是想听到一个周正的答案的，是或非，黑或白，对或错。而我，实在无法满足她的需求。大概，她本以为，我该宁为玉碎不为瓦全。我时常态度决绝，只是，爱情这件事，在我看来，算不上生命中的至宝。虽然不是瓦，但也不是玉。而人伦道德，又岂是宇宙运行的脚本?

"那么,如果是你,会怎样?"换我好奇地反问。

"如果发现出轨,我的想法没你清醒,但做法差不多。因为我从之前认为出轨是万恶之极,到今天已经觉得那不成其为错误。"

错误?我在想,我应该极少使用这个词。我对世事的标准常常是好或坏,善或恶,美或丑,至于对错,谁知道呢。

"你生活的遗憾是?"她对我好奇心不减。

"遗憾?没想过……我想想……如果家里原来铺那种摩擦力大些的地板,可能对淇淇的关节更好吧。"

她发来瞪大眼睛的表情:"你是火星人或是金星人……"

所有的事情回到当初,我大概仍会作出同样的选择,经历同样的痛苦,收获相似的结果。只有对狗狗,我想,如果回到当初,我应该可以做得更好。

可是,人生通常是没有时间遗憾的,因为一眼万年,一切都很短暂,当你还在嗟叹往事的时候,今天也在成为往事了。想起年前做的那期节目《如果伴侣出轨,你会原谅 TA 吗》,有听众大刺刺留言:"我的字典里只有丧偶,没有离婚!"雄浑的气魄引得年轻助手哈哈大笑。我也莞尔。每个人都有一本字典,也尽可以奉为至宝,但你要知道,命运之神从来不会翻阅参考你的那一本,因为,他也有他的字典。

人生像个旅店,人来人往,当你拼命挽留一位客人,或将一个沉重的物件努力收入囊中时,生命的长河就在你眼前匆匆流过。

而你既错过了日升日落，又错过了群星满天。

猫头鹰先生在厨房一边准备我们家第一顿木炭火锅大餐，一边紧张关注着澳网决赛中的费纳之战。而我不确定，当这场对话继续时，我是否已经错过了那场精彩比赛里最有力的几次击球……

不只是爱情，一切都很短暂。而我们的舟楫，刚刚在险要的渡口，错身而过，在漩涡处落下惊鸿一瞥。

我们彼此心知，这通问答之后，生活不再与从前一样。或许是穿越丛林时沾染了蛛网或者灰尘，抑或是一只灵巧的瓢虫悄悄埋伏在了你的衣服褶皱之间，但，总有些什么不同了——无论是提问者还是回答人，终究是走了一招险棋。

夜游

在车里啜一口麦当劳的热咖啡，看看时间，正好晚上 10 点。大年初五，全城的鞭炮焰火来得比除夕更加汹涌，空气里浮动着一股硫黄味道。汽车后座上有粗声喘气的声音，鼻息渐近，侧身时热风吹拂面颊，金毛君正觊觎着猫头鹰手中的蛋筒冰淇淋。

这是返程回家前的小憩。

吃过破五的饺子，我们从爸妈家出发。我们，是猫头鹰先生、我、金毛君刘淇淇和金毛妹子 Happy。Happy 对于坐车出游兴致寥寥，她三岁之前一直寄养在外，大概每次坐车都不是非常愉快的记忆，或许她在忐忑，下一个目的地会是哪里，遇上怎样的人家，还有哪些伙伴。淇就截然不同了，这个从小恃宠而骄的小子，最爱搭车出游，最有趣的游历是在翠湖湿地跳入湖中追赶大天鹅，而最伤痛的往事是在欢喜地奔向草地上另外一只金毛兄弟时，却被对方不由分说，咬穿了耳朵……但他仍贪恋乘车出游，除了抵达陌生之地后的探寻，还有沿途的风物，所有的景致如拼图一般构成他狗生的巨大乐趣。

今晚，我们的旅程从东三环开始。淇对这条路很熟悉，在他的幼年时代，曾被我裹着小毯子揽在怀里偷抱进电台，陪我剪了会儿节目。那时，他只有两个月，长得活像个毛绒玩具。趁站岗的武警战士一愣神，我们闪身进了大门。

更小的时候，他还曾经睡在整理箱里，到过交管局指挥中心。那时，为了能够把他留下来，我正和妈妈激烈抗争。听说这一小只若总被单独留在家里，容易得上抑郁症，于是索性带他上了两小时直播。当时我搬着箱子进出交管局的身影也堪称前无古人了，俨然一位饱尝艰辛的单亲妈妈。

这些往事随着我们的行程一一浮现在眼前。正月的夜里，我们把后窗玻璃放下，淇把下巴搭在窗口，东张西望，眉毛时而一挑，裹着炮仗味儿的冷风吹着他的脸颊，两只耳朵啪啦啪啦地轻轻扇动……

"金毛要趁小的时候使劲儿抱啊，很快，你就抱不动喽！"当初只想牵一只威风凛凛的大狗散步，哪里管犬舍主人的忠告。不过，还是记得早晨赖床时，爸爸把淇抱过来叫我起床，只用一只手托着就可以，而手上那个小东西，一见到我，金黄的小尾巴即刻欢快地摇晃起来。

不只是怀念淇的小时候，我还无比怀念那个年代。那时，整个世界都宽松可喜，屈指一算，不过是十余年前，却恍若隔世。

车停在天安门前等待绿灯时，北侧的天空腾起一阵焰火。缤纷的火星在夜空中轰然炸开，淇冲着烟花的方向狂吠不已。狗狗天生是害怕炮仗焰火的。淇甚至害怕很多人，动作突兀的孩子，尤其是他的死敌。但我明明记得，我们曾经夜游后海，在游人如织的初秋夜晚，牵着淇淇，他乖顺地走在我们跟前，欢喜非常。经常有人惊喜地俯身，冲他打招呼，中国人，外国人……而淇无论对着"so cute"，还是"好可爱啊"这类赞美，都照单全收。淇一路笑呵呵地走着，在人群当中，一言不发。那是2007年的秋天，一切都很美好，不只是因为我们都还年轻。

真的，那个时代的疏漏是这个时代绝对不会发生的，比如，放一个抱着疑似毛绒玩具小奶狗的主持人进入电台。

门口的武警小战士，那些初来乍到，随身行李里还打包着哆啦A梦的新兵蛋子，转眼间严厉肃穆，伸手拦住匆忙进门火急火燎赶直播的你，冷冰冰地提醒："同志，麻烦出示证件。"即便你的大幅照片就贴在他身后的墙上。简短有力的字句由唇齿之间滚落到大理石地面，砰然有声。有一天他们也会熟络地和你打着招呼："请进吧，思伽老师。"但你总是很难辨识他们的模样，像当初那样。从他们的称呼中你清晰地知道时光的流转，因为你已经由"姐姐"，而成为"老师"。如果按照亲戚的辈分一路排列下去，被叫"阿姨"也在所难免。但若成为阿姨，春节要不要发压岁钱的红包呢？那一年到今天，整整12年了。淇淇成功混入电台时，正是2005年燥热的初秋。

人老了，能再年轻一次吗？似乎不能，历史上，所有的长生不老或青春永驻的试验，都失败了。但是当我们重新走过那些道路和地点，从回忆的暗箱中取出往事，时光也仿佛一一倒流。在平行时空的某处，当年的我，当年的你，当年的淇，全都安然无恙。

只是，假若时光倒流，你是否当真愿意回到那一年。

"如果给你一个机会，让你重新选择一次年龄，你愿意回到哪一年呢？"

"2009 年。"

准备直播话题时，我的搭档，心理专家汪冰对我的快速反应有点错愕，为什么是 2009 年，这么笃定？

那一年，我刚刚整修了院子，柿子树的枝头累累挂着橙色果实，两条金毛猎犬欢快地在地上追逐。早上，卸去直播重担的我，渐少做空播的噩梦，反倒常被果树上叽喳的鸟声唤醒。我喜欢听咖啡机打磨咖啡豆的声音，随后，咖啡味道就在空气中飘荡开来。推开门，两只金毛拥挤着奔向院子，我在后面，把咖啡放在门口的木甲板上，然后坐在台阶上看他们玩永不疲倦的你追我赶的游戏。阳光把树枝和房子都化成黄金的颜色，像施了魔法，而我满心满意地感动着。那一年，我 34 岁。Happy 3 岁，她刚刚结束寄宿生涯，再也不必担心被送往别处。这里，就是我们的家。

那一年，我们的样子在照片里，照片摆在客厅里。我们四个，猫头鹰先生和我穿着白衬衫，牛仔裤，淇淇蹲坐旁边，而 Happy 说什么也要站着……就这样拍了一张"全家福"。

"为什么一定是 2009 年？"汪冰不解。

"因为，之前一年，我们还没有团聚，之后一年，他们都比从前老去了一些，而人生一年，相当于狗生七年……"

其实，那段人生里有我绝不愿意重温的煎熬和痛苦，但因为风很轻柔，你们那样年轻，我还是想要回到那一年，从脚底到头顶，一万个赞成，回到照片上的那一年。照片上，两人两狗都在笑着，心无芥蒂。

经过东长安街，我驾车转向南长街。某年，午夜，下直播的我常在驱车回家时故意绕远，只为特意经过这段路，北海、故宫、美术馆……留不下脚印的道路上封存着记忆里的北京。

今天，故宫角楼淹没在漆黑的夜里，北海结冰的湖面反倒被景观灯照得熠熠生辉。团城前回旋的大弯，让你意识到路和自己，以及时间。记事起，109 路无轨电车每每走到这里总会不自觉地侧身，而我即使坐在座位上打着瞌睡也能知道北海到了，再过一站，就是换乘 14 路的府右街了。难得车辆稀少，我降低车速，仿佛电影里正放到慢镜头……出租车一溜烟地超车，我猜，对那位司机师傅来说，城市是奇幻飞车的背景，而他只想速速通关。

车厢里出现一股奇异青草味道的时候，我们已经沿东二环折返建外大街。如果不是猫头鹰先生在我的提示下证实了气味的真实存在，我简直怀疑它是回忆带来的某种幻觉。剪草机割青草后留下的味道，好像那一年，好朋友说："我最喜欢闻水味儿了，你呢？"当时，我们夜游北海，他说的水味儿，不过就是割草后的味道。

那一年，我们 24 岁。

言犹在耳，天各一方。

我不知道那些远隔重洋的发小儿们是不是也已经遗忘了太多东西，忘了故事情节，忘了对话，忘了人名地名……如果想要找回来，你们要用什么办法呢？在电子地图上，用虚拟的自己，重走一遍吗？

午夜，倚靠在沙发上，寻找一个舒服的姿态。淇淇在无数次对着窗外的烟花叫骂之后，起身跳上沙发，身姿不再矫健。我想起那夜，客厅里只有我和淇，电视上播着侯宝林的相声，淇轻巧一跃，坐上沙发，紧盯屏幕，褐色的眼珠一瞬不瞬。那一年，你 1 岁，而我 31 岁。春风沉醉，我发现你是一个喜欢听大师说相声的聪明狗。

……

猫头鹰先生取出他的威士忌，我也要了一杯。一场浪漫得略近颓废的夜游，要用一杯烈酒画上标点，句号，抑或省略号。

Happy 睡得昏天黑地，脑袋从狗窝边歪倒下来，淇淇哼了一声，接着做他的美梦。灯火阑珊，夜色柔软，感谢时光，你还在我身边。在一座历经无数次翻修的城市，在一座路边的大树消失而柏油路一码一码延展的城市，在喜欢的书店和咖啡馆一间接一间倒掉的城市。

这一夜，窗外寒风萧瑟，我们搜集往事，在炉火中引燃，烘手取暖。

投掷前任比赛

深夜，收到一条简讯，是一张出生星盘截图。解释随之而来：这是我之前喜欢过的人的星盘。帮我看看，我们是不是比较对立？我回：过去的事了，看它还有什么意义呢？（对了，我是不是忘了说，在朋友圈中，我已经成长为颇受欢迎的业余占星师。）

不止一次，当女性朋友们提到前男友时，我礼貌而冷淡地打断她们持续的关注和问题。

过去的，就是过去。是历史，是考古，不是未来。而且，他不是重点，你才是啊。

我情知这种反应不够暖心和通情达理，但也真是受够了她们的不胜唏嘘。我们人类的大脑不是一直不断地在对档案照片进行虚化处理吗？这些加了滤镜的影像，你尽可以当成电影来看，反正每个人都生活在自己幻想的世界里。但请不要当成真相啊，更不要提着这只水晶鞋去找"白马王子"。

柠本来是个相当聪敏的姑娘。但扯上爱情，总会钝化她的锋利机巧，或多或少。

我听到最多遍的故事发生在高中时代：男生为和心仪的柠在一起，打着一起去看同学的幌子，带着她在胡同里兜兜转转，假装找不到地址……柠在一小时之后醒悟，和男生当场翻脸，就地揭穿他企图瞒天过海的私心，态度相当泼辣。20年后，第一百次听到这个桥段，我不由注视柠的眉梢眼角，心底泛起鱼尾纹一样的细碎忧伤。我尽力回想当年那个活泼灵动的姑娘，那个深谙世俗却又豪气冲天的姑娘。这段故事我早能倒背如流，就连画面中男主女主的站位和对白我都能一一复述，我甚至还知晓柠所不了解的后续剧情：大学毕业后，几个好朋友一起出去玩儿，回程中柠邀男主一起骑车回家，他们本来同路，而且自行车也恰好存放在一个地铁站。但男主借口有事，推脱了。因为，他还想邀请另外的姑娘一起看电影以及共进晚餐。此时，爱的方向早就偏移了，不变的是男主并不高明的撒谎习惯。

有些剧情我们永远不必知道，但是，自己的剧本千万不要烂尾。

因为剧情早已烂熟于心，所以我在听讲时常中途走神。可是，第一百次重复故事的柠，居然还深陷其中。每一次讲述完毕，柠眼里的光芒就黯淡下去。那一张仿佛无悲无喜，却又味永难言的脸庞，让人心疼。

更多的故事以星座为引子，传情达意："最近碰到很多天秤座的男生，简直无语！"我当然也可以随声附和，然后我们一起抱怨某个星座的男人很差劲——如你所见，几乎所有星座都有足够数量的渣男可供吐槽。但其实你只想谈论其中的一个，对么，就是你爱过的那一个。分手之后的心有不甘足以让人产生幻觉：以为爱情事故不过是技术环节的微小故障，只要重新调试，一切仍能重启。但那不是真的。你永远不可能把一段关系格式化，让两个人好像初次相见，然后再以你满意的叙事方式，让一切重来。

这样的话题，真的有必要接龙吗？

我还听过关于跨国恋前任的回忆，真可惜，恋爱没有成功，不对，或许应该说，恋爱从未开始。

"你知道吗，他每天开路虎揽胜上班，带着两只德国牧羊犬，一起去事务所。""你知道吗，他后来找的这个中国老婆简直就是个农村妇女兼骗子，我觉得她的学历都相当可疑。""就那个女人，从长相到打扮都特别土气，"悦在咖啡馆忿忿地对我说，"他怎么能看上她呢？简直鬼迷心窍！"

是的，这些我都知道。悦已说了几次，写邮件说，打越洋电话说，我怎能不知。只是，这世上鬼迷心窍的人原本很多，愤怒怨怼又能怎样？你到底气的是他，还是你自己呢？我猜得到悦的懊悔：毕竟当初这位绅士主动示好时，她并未认真对待。对王老五的含金量后知后觉，令她最终错失良机，追悔莫及。但身为中文系高才生，冰雪聪明的悦，怎能不知道泰戈尔的诗句：若你因错过太阳而流泪，那你也将错过群星了。那些在生命中与你错身的，从来都只是过客，又何必空劳牵挂呢？

"我想挽回，再试一把。"悦总是把我当作感情顾问，但每一次的征询里，她都相当固执。

"不要吧，至少现在还能做朋友，全身而退。"我焦急于悦的不智。

"但我不想做朋友！"她还在坚持。

"可以不做朋友。但女朋友肯定没得做。给自己留点体面不好吗？"我相当费力地说出了这些我认为最难听的话，希望悦能改变主意。

"好吧，那我再考虑一下。"

我知道，像以往的无数次一样，悦不会听劝。

挂断电话，背靠廊柱，我在小区凉亭抱膝呆坐了半晌。悦在欧洲的深夜，我在北京的上午。那时的城市还没有雾霾包裹，五月的天气异常晴美，我看见紫藤的枝叶沿着狭长的凉亭一路缠绕过去，把淡淡的绿色影子投在我的身上。我还看见邻居小伙带着他的大金毛欧迪一路朝花园深处的假山水池奔去，然后听见他们在那里嬉闹成一团。那大概是十年前了，当时，对我而言，宁静美好的生活包括：有书可读，有朋友可以相聚，有好喝的咖啡，有可供发呆的飘窗。那时，毛茸茸不谙世事的金毛君刚刚来到我家，让我手忙脚乱了好一阵，可是，他好可爱啊……但这些琐碎的日常毫无吸引力，对悦来说。在她心中，幸福等式的运算结果应该取决于爱情和经济实力这两个变量，也就是说，与二者之和或者之积成正比。不过，据我所知，十年中，她一无所获。

印象中自己最近一次大发脾气是在电话里，当蕾对她的前前任男友大发感慨时。

"可是，他现在过得好不好，和你有什么关系呢？他过得不好，能说明什么？说明他失去你是个巨大损失？还是证明命运待你不薄，终究没有把这个走下坡的男人分发给你？"我的语气尽量平缓，但话锋陡然尖锐。

蕾大概没想到我会如此反应，愣了一会儿，委屈地辩解说她只是随口一提，其实心中并没给这个男人留一席之地。她不过是在这对夫妇公开秀恩爱的照片上，感觉到这个男人变样了，面目神色都与她当年喜欢的那一个大相径庭。她说，她心里并不痛苦，甚至没有怨尤，她已经全然原谅了他。此时的回忆更像是围观别人的故事，和故事中的男主角，而已。

好吧。我的态度缓和了几分，毕竟是人家的爱情，哪里就轮到我摆出一副哀其不幸怒其不争的脸色。只是，这所谓"而已"的回忆，真能如风行水上，不留痕迹吗？

越回忆越接近真相？还是越远离真相？如果痛苦，掀开回忆的心理动因是什么？如果不悲不喜，那更加不必去翻检蒙尘的卷宗，甚至，连收纳都是多余的吧。

这次之后，我深刻反思，自己怒气的背后会否也有郁结的内伤？别说，还真的找到一个。

那是一次非常可笑的分手事件。自我感觉颇好的男主心有不甘，大费周章地找到我的闺蜜，给她讲述了一个温暖的故事，大意是，他如何在短暂的几个月间走出失恋的阴影，然后在航班上遭遇了此生真爱。当然，从此之后，王子和公主就幸福地生活在一起了。对了，有个细节万万不可遗漏：王子给公主买了一辆跑车，韩国原产。

闺蜜在电话里向我转述这个童话故事时，我正站在长安街北侧的便道上等灯过马路，幸亏是长安街，绿灯的时间好长啊……在建外大街的车水马龙中，我听完了整个故事，而且几乎马上要送出我真挚大方的祝福了，可是最后这个跑车梗，让我终于没能好好演完温馨的戏码。这个，居然值得炫耀吗？我承认，当时，就在友谊商店南侧的人行道上，我笑场了。有段时间，这事甚至成了我和闺蜜之间独有的活跃气氛梗。生活中总是不乏段子手，感谢他们的谜之自信，让我们得以在疲惫中保持乐观。直到今天，偶尔浮现的跑车梗还是会让我发笑。只是这私人恩怨让现代汽车躺枪，多少有点于心不忍。

千方百计向前任证明你过得不差，难道不是一种求救信号？我的解药，在你手上，没有你的万能胶，我这面破镜如何重圆……依我看，有空的话真不如练练臂力。若不能把前任丢向远方，如何能腾空双手拥抱生活？又怎能拎起沉甸甸的礼物？当然，把死去的爱情安放在水晶棺中也没什么不可以，但只在属于你们的寒食节再去凭吊吧，毕竟如果每个月总有几天不舒服，听上去就好像不大对劲……

　　新闻里隔三差五就会报道异国他乡的古怪比赛：扔西红柿，滚牛粪饼……依我看，应该来场投掷前任比赛，把昨天的伤害扔得最远的那一个，最有机会赢得明天的幸福。

午后初晴，一只蜻蜓盘旋在 Happy 毛茸茸的脑袋顶，金毛女生呆萌着一张脸，对头上一尺那个金色的祝福无动于衷。因为不自知，所以更美好。墙角的小猫晒饱了太阳，悠闲起来，穿越它的丛林。

春

立春　东风解冻，蛰虫始振，鱼上冰

雨水　獭祭鱼，鸿雁来，草木萌动

惊蛰　桃始华，仓庚鸣，鹰化为鸠

春分　玄鸟至，雷乃发声，始电

清明　桐始华，鼠化为鴽，虹始见

谷雨　萍始生，鸣鸠拂其羽，戴胜降于桑

都说花无百日红，但紫薇的花期比起百日绰绰有余。不过，被我剪下来插到花瓶里的就另当别论了。院子里最不舍得剪下插瓶的是木绣球，也叫欧洲雪球，我的最爱。初绽时清雅的淡绿色花团渐渐化为一球奶油色冰淇淋，令人讶异，我经常呆呆看上半晌。

当墙头金银花用潮湿的甜香涨满整座院子时，我们就可以安心享用暮春最美好的几个黄昏了。而八棱海棠，早用满树的花朵预告过秋天的丰收了。

如果春天没去看看西湖的水光，尝尝杭州的菜色，这一年就多少有些遗憾。那座城有没有可能是我上辈子居住过的地方，让我莫名熟悉，莫名安心。杭州的春天是我的营养土，极度匮乏时，走一遭，重新扎下根，就能加满维生素。

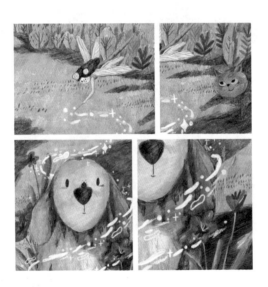

幸福未满

　　傍晚，在食堂见到了久违的鱼香茄子，看起来香喷喷的。我敏感地问身边的同事：股市涨了？得到肯定的回答后，我舀了满满两勺。现在我的盘子里盛满了浓香多汁的鱼香茄子，再加上一碗白米饭，就是能够调动我的全部味蕾的晚餐了。这餐饭，意味着幸福，稳妥熟悉的幸福。鱼香茄子，尖椒土豆丝，对我而言，是最美味的家常菜。这两样菜又非食堂的大锅旺火不能炒制得足够喷香。我们的大师傅做这两样菜都很拿手。但前两天，那切得细致妥帖的土豆丝，吃起来却如同嚼蜡。其他的蔬菜也是一副潦草模样。那天，股市一片惨绿。想起大长今"带着真诚和爱准备食物"的谆谆教诲，不由一笑。我不是股民，对指数毫不敏感，想来，大师傅这一回或许是饱受煎熬，强打精神，一边准备食物，一边心里在滴着血呢……

　　而今，鱼香茄子宣告状如滔天狂澜的内心戏终于结束，我们的生活回归平静，一切如常。

其实，这个春天充满了让人始料未及的消息：比如，一个德国副机师把机长锁在驾驶舱外，然后蓄意在阿尔卑斯山坠毁客机。比如，肯尼亚大学遭受攻击，一百余名年轻的生命转瞬消逝。比如，一艘载有至少 700 名偷渡客的渔船在意大利不幸翻沉，最终仅 28 人获救。再比如，尼泊尔 8.1 级地震，让价值连城的古建和成千上万无价的生命同时灰飞烟灭……

不过，这些轮番上演的现实版惊悚故事似乎与我们无干。

四月的某个傍晚，我去食堂吃饭。大师傅刚刚准备好菜品，擦着手从后厨蹓跶出来，让服务员赶紧把电视打开："要看股市行情！"我好奇："您也炒股？"他圆圆的红脸膛上露出一丝憨笑："买了点儿基金。"我是个对于金融证券一窍不通的人，总觉得那些翻滚的财富浪潮中，充满了我所不了解的规则和危险。而这一瞬间，从大师傅的眼睛里，我分明读到了对于未来生活的笃定信任。那种知道自己明天必然会更加幸福的神情，令人羡慕。看他的年纪，必定也是一位丈夫和父亲，或许妻子在别的地方打工忙碌，孩子在老家读小学或初中。这位一家之主，在晚上收工之后，喝过小酒，会不会和孩子打通电话，然后拍着胸脯说："孩子，好好念书，爸爸赚钱，就是要供你上最好的大学！咱家的好日子在后头呢。"

好日子在后头。所有经过艰难时刻的人，都曾这样鼓励自己和家人。就像中学语文课本中的《一碗阳春面》。母子三人没有被家庭的巨额债务压垮，每到大年夜都到小面馆头碰头地吃一碗阳春面，为自己打气，最终他们过上了平静的好日子……可能很多人早已发现这个秘密：幸福的重点不在于今天怎样，而在于笃信明天好于今天。幸福在于心怀希望。

《一碗阳春面》里，弟弟写的作文得奖了。作文里有这样一段：三个人只买一碗阳春面，面馆的叔叔阿姨还是很热情地接待我们，谢谢我们，还祝福我们过个好年。听到这声音，弟弟的心中不由地喊着：不能失败，要努力，要好好活着！因此，弟弟长大成人后，想开一家全国第一的面馆，也要对顾客说，努力吧，祝你幸福。

自从在脑海中瞬间复活了这个故事，我竟然觉得每只上涨的股票都可能有情有义……虽然，我仍隔岸观火。

遥想800多年前的那个四月，金海陵王完颜亮迁都至金中都（现北京西城至丰台一带），北京建都的篇章由此翻开。金戈铁马，因缘际会，乱世烽烟，群雄逐鹿……但往事终究如烟，空余"施仁、宣曜、阳春、端礼、丰宜、景风"这些美好的名字，任由你猜想从前的城池。

800多年前那位指点地图，说出"洛不如关，关不如蓟……守天下必以蓟"的有识之士也早已湮灭无踪。而智慧如他，料也无法断出800多年后北京城的今生今世。

黄沙落尽，春色未央。历史从不定格，历史正在发生。你我所在的当下，转瞬之间，即成过往。

燕子来时，春风浩荡

古人以四种鸟定四时：玄鸟定分（春分秋分），赵伯定至（夏至冬至），青鸟定启（立春立夏），丹鸟定闭（立秋立冬）。玄鸟是什么？有的说是凤凰，有的说是燕子，更有流星、陨石之说，还有人认为玄鸟是雄鸡的别名。有关玄鸟的解释颇多，很难达成共识，但对居于寻常巷陌的人们来说，玄鸟就是燕子吧，它们春分飞来，秋分飞走，年年如此，极有规律，看它们的行迹，便可以知农时，定耕种，所以，它们和百姓的生活息息相关。

但对于生活在北方的人们来说，春分时节尚不敢把厚重衣服尽数收纳箱中。只有进入四月，才能坦然迎接熏然欲醉的桃李之风。杏花春雨，桃花春色，红深红浅之间，阳光烘暖了衣衫。不过，一旦到了此时，也就是李白感叹的"鸟去天路长，人愁春光短"的季节了。

久居城市的人们，早已无法享受从山麓到荒村的春之歌，于是，小区的绿地便是田园乡野了。好在，园丁们早在土地解冻后便开启了灌溉的水龙，喷洒的水珠潸潸然地一路哼唱，浸入软溶溶的春泥，于是大地犹如一床新翻的棉被。也有些水珠在铸铁井盖上汇成一潭小小的湖泊，那是鸟儿们欢宴的甘醴。那么多的喜鹊和灰喜鹊在刚刚柔软起来的枝条间飞舞穿梭，那么多的麻雀在嬉闹畅饮过后躲进柏树浓密的树冠里继续它们喧哗的主题沙龙……

我曾经在停车场前撞见两只野猫的邂逅。它们由围栏里躬身而出，猫步潜行，然后贴身互嗅，那高高竖起的尾巴，好像戏台上武生披挂的雉鸡翎与靠旗的合体。我静默驻足，旁观喵星人优雅错身间忽而的剑拔弩张，好像无意间偷窥了一场密会，心头不由一紧。而这不过是春天大自然戏码中的细枝末节，微不足道。在我们所不知道的某处，还有真正的惊心动魄。

泥土中常有生命的真相。去年深秋，我从花园里挖出美人蕉的块状根茎，装了三大提袋，存放在地下室通风的储物间。及至春风和煦，准备把它们重新栽回地里，却发现，其中大半竟然消失得无影无踪！那些洋葱状饱满的块根，就这样，在我眼前，人间蒸发了。我看着塑胶袋中残留的泥土根须，无比讶异。园丁师傅笑着说："早一点种回地里就好了。"我瞪着眼睛，半天说不出话来，脑袋里塞满了人参娃娃长脚会跑的古老传说，一时心乱如麻。"或者，"园丁师傅又开口，"放在透气的地方也好，这袋子系着口，太憋闷了……"是啊，每一种生命都是有尊严的，美人蕉喜欢温暖和充足的阳光，不耐寒。纵然它对土壤要求不严，纵然它们而今已经被栽种在全球各个地方，但毕竟美洲、印度和马来半岛那样的热带地区才是它的故乡，在万里之遥的华北平原，也许它就是单纯地不想生活下去了吧……自然，这些胡思乱想是不适于和园丁师傅交流的，他若听了一定会暗自哂笑不已，心想，只不过略多念了些书，这人怎么就变呆了。

四月联结着繁春与盛夏，满眼青葱豆蔻，一派青春韶华。古人将扫墓追思放在这个季节，实在恰如其分。试想，如果在"冷露无声湿桂花"的十月去追忆故人祭祀祖先，美则美矣，但压满了重重哀思的心脏，如何能够承受冷峻苍凉的秋寒呢？而当头烈日和凛冽北风主宰的季节，自然更不适于扶老携幼奔赴郊野中的墓园。不过，扫墓，也不尽是凄然哀伤的仪式。一对年约半百的夫妇，面对墓冢行礼，对话。女声（含着喜悦地）：爸妈，今天我们来，还有一个好消息呢。让他来告诉您们。男声（推让地）：还是你说吧。女声（欣喜地继续推让）：你说你说。男声（略微停顿了一下，坚定而开心地）：爸妈，您们就要有重孙子啦……彼时，这番对话当真逗笑了我，一层温暖的细浪随即涌上心头。这富于喜感的场景，正是去年清明为爷爷奶奶扫墓时，我的见闻。

生命的开始和终结原本不由自主，但，所有的文明与记忆，仍然以某种神秘的方式，薪火相传，生生不息。流转的不只是时光，还有生命本身。那些在唐朝的春风里"玉勒千金马，雕文七宝球"的王公仕女，那些在北宋张择端笔下的商贾嫁娘，那些让明代诗人惊艳过的"马穿杨柳嘶，人倚秋千笑"的俊美角色，随风湮灭之后，恐怕也化作了地铁公车上的芸芸众生，或在街角与写字楼的电梯里，与你擦肩而过。

也许春天的每一次明眸善睐，都是历经千古，辗转而来；如同生命中的每一次相遇都是久别重逢。一朵花，一只鸟，一抔土，一滴水，都可能是祖先生命的一部分。如同，终有一天，我们也将归于大地。而所有死去的，百转千回，终又化作世界的一部分，继续明媚。

指尖敲击键盘的此刻，窗外，浩荡春风正攻陷所有的山村水廓，柔软了枝条，点染了绿柳，充实了燕巢……春天确如一支旌旗鲜明的王师，而世界竟因它的占领就这样美丽起来。

狗主人的猫罐头

进门时，见客厅吧台上有一只猫罐头。"红缶"，这个牌子……大概是我去年买的。现在，铁皮盖子半开，里面的肉糜几乎没怎么动过，泛着鱼腥气。我看了一眼，忽然感觉有点儿饿。当然，我立刻压抑住了这个让人不好意思的念头。

深夜遛狗时间，也是交谈时间。暮春时节，起风的夜晚，我还要套上羽绒大衣御寒，但对流浪猫而言，这草木葱茏、繁花皎洁的人间已是天堂。它们最近夜夜笙歌，经常会有若干派对同时开启。对金毛君淇淇来说，喵星人的彻夜狂欢是绝对难以忍受的。所以，散步之于他更像巡逻，一旦发现猫的影迹，必先逐之而后快。但或许因为年事已高，淇也会像我们一样眼神不济，他有时会去对着远处被风鼓起的塑料袋做凶猛进攻状，却轻易放过了眼皮底下那只凝神屏息的猫。

"今天我回来的时候，发现咱家的车位上有一只小奶猫。"

"噢。"

"我回家给它找吃的。找到一个猫罐头，可是拿出去的时候，它已经走了。转了一圈也没找到。"

所以，这就是那只半开的猫罐头的来历了……

"那个罐头，我喂了淇淇一勺。"我忍住没说自己其实也转了一下念头。

"啊？！那是猫罐头！"

"就一勺！"我强调。

"我觉得猫罐头没有狗罐头香。"在我的带动下，他的味蕾也开始左右语言系统。

"嗯，有点儿腥，淇淇也吃得意兴阑珊的。"

其实，在心里，我正演示，那个金枪鱼罐头，如果能在燕麦面包上涂抹一层，再配些蔬菜和酸黄瓜，最后加上蜂蜜芥末酱，味道应该相当不错……

遛狗其实是件非常有趣的事情，如果你足够专心的话。夜色中总能看到透亮着翅膀的飞机掠过东方天际，那应该是准备降落的航班。航线于是也在日复一日的注目中成了老朋友。

白天不适于藏拙，那些永不停工的私搭乱建，和扎根小区两年的大嗓门河南籍包工头儿惯会喧宾夺主。世界如此，我们只能晒笑着回避。

至于散步的路径，是由金毛君全权决定的。小区里的人认识不多，但狗却认识不少。最近一段，金毛君爱上了一只叫作大宝的黄色拉布拉多女生。大宝家应该是后来搬入的，门前还新添了充电桩。此刻，我就盯住电动车奇怪的外形和标识。

"我们也买辆电动车吧？"

"我只喜欢特斯拉。对了，前两天我们在上海的同事在停车场老听见猫叫，跟着声音找到一辆特斯拉，后来发现声音是从汽车轮子里发出来的。"

"然后呢？"

"后来他们把特斯拉的车主找来，车主又找 4S 店的人，最后费很大劲把轮毂卸下来，才把它弄出来。是只小奶猫。"

"噢……"我在心里长舒一口气。

"我觉得还挺好的。要不然一开车，小猫肯定活不成了。"

"特斯拉的车主是个好人啊……"这个听起来无比坚硬的汽车品牌，此时忽然柔软了一点。

印象中，猫头鹰先生很讨厌猫。刚搬到这栋房子，院子里常有流浪猫光顾，他生气地把它们赶走，还说以后金毛入住，野猫就被彻底封杀了。

有个夏天，一只不明就里的小野猫钻到院子里，然后被突然出现在眼前的金毛君吓懵，慌不择路，要冲进屋来，可屋里明明还有另一只金毛啊。我尖叫着给它指出华容道："啊——猫咪！那儿！往那儿跑！啊——淇淇，别过来！啊——"大抵就是这样的句型，循环播放。猫头鹰先生拿着一把扫帚，像是令旗，一面阻挡分外眼红矫健腾挪的金毛君，一面给小猫指路。小猫没看我们，只一心要冲上另外一侧的玻璃墙——这是注定失败的昏招啊。眼见小小的身体跌落下来，我只觉得热血上涌，耳边立时响起一声哀号，后来，我才发现，这凄厉的声音是我自己发出的。

助威和哀号轮番上演，这场鏖战最消耗啦啦队的体力。不知过了多久——大概也只有五六分钟的样子吧，虽然我感觉像一个世纪那么漫长——我卸任了"野猫守护天使"的职务，瘫坐在台阶上，这才发现淇淇的鼻头上有一道新鲜的血痕。他正呼呼地喘粗气，褐色的眼睛里怒火熊熊。

狗虽然是狼的亚种，但是因为被人类驯化已经超过一万年，所以，它们比猫更像伴侣动物。猫儿们只是看起来很乖，也惯会在需要的时候卖萌，不过，不要忘记猫被人类驯化才不过三千年，比起狗来，它们可是野得多了，上树逮鸟不过是分分钟的事情。虽然有时因为偷袭失手，也会有被喜鹊们追打的狼狈场面，但，总的来说，它们的野外生存能力相当强大。

猫狗之争让我一战成名，此后几天，每遇隔壁奶奶，总被她狐疑地盯住，上下打量："你们家到底干吗呢？"

伤痕总会平复，但仇恨没齿难忘。虽然再没有院子里的狭路相逢，但几根竹竿却必不可少，高明的保镖总能成功地避免格斗。作为金毛君的保镖，我一直以这条原则指导实践。直到有个冬天的午后，我虚张声势地用竹竿敲打围墙的时候，遭遇了最猛烈的抵抗。那是一只正在墙头晒太阳的大花猫。淇淇跳脚咆哮，它置之不理，安闲自在。于是，保镖出手了。我的动作明显是虚晃一枪，我压根儿没打算碰它，只花拳绣腿地比划着……但是，等一下，为什么有种角力的感觉？竹竿被谁拨拉了一把。我难以置信，再次举着竹竿靠近胖猫，这下看清了，它伸出爪子，使劲扇了一下，力道相当不弱。竹竿再次靠近，它抡圆了又是一掌……我有点儿愣神儿，毕竟，这还是第一次遭遇流浪猫的抵抗。它们难道不是应该落荒而逃吗？

冬天的阳光下，我们四目相对，它毫不退缩。我对猫不太在行，不知道这位小主的年龄和性别，但这位端坐墙头的猫老师却给我上了一课，一点儿也不见外：生命都是有尊严的，比如一只流浪的喵星人，它就是要在墙头晒太阳，有什么不可以呢？阳光是免费的，阳光甚至更应该属于真心爱它需要它的人和其他生命，比如，流浪猫……

我最终还是把它赶走了，若非如此，金毛君声嘶力竭的骂战永无休止。

晚上，猫头鹰先生听过这个故事，沉默半晌……

忘了从哪天开始，我家放狗粮的壁橱里永远有几个猫罐头。不是那种所谓给流浪猫果腹的便宜货，而是店员推荐的最营养好吃的。其实，平常我从不给小区里的流浪猫喂食——我坚信养成饭来张口的习惯不利于它们的流浪生涯，而且会造成无序繁殖——不过，一旦相遇，它们还是理应得到最好的款待。虽然，罐头远不能解决它们的生计，但丰盛的一餐会成为猫生中甜美的回忆吧。而且，无论是人还是猫，一生都需要些笑嘻嘻、亮闪闪的日子，至少，我希望它们知道自己配得上比剩饭剩菜更好的食物。饮食是"活着"的最重要时刻，我希望它们不要对自己过于敷衍了事。生活从来都不容易，无论是对人，还是对流浪动物，但只要心情还在，无论多么落魄，总能有新的开始，对吗？

至于院墙上的猫儿们，其实，这个系列故事，才刚开了个头……

怀念一些名字

"我背一首诗吧,《镜子与我》。镜子里有一个丑女孩,妈妈说,那个人就是我。老师说,镜子里的影像和真的相反——所以,真的我,是很漂亮喽!"

背诵这首诗,只是满心满意觉得好玩儿。想象微信那一头和我斗诗的朋友听到这段语音时的无奈表情,我就乐不可支。温热的夜风从车窗外吹到脸上,刚刚有氧运动过又泡了温泉的我,慵懒无比。

"还有一首,叫……《梦》!"月光柔软,我乘胜追击,"梦是一条丝,穿梭那不可能的相逢……"

忍不住以笑声做句点,对于自己的狡猾,我相当得意。一句话就是一首诗,你奈我何?笑容渐渐凝结在嘴角,有那么一瞬,复活的记忆在脑海中冒头……这两首超短的信手拈来的诗,是从哪里读到的?我问自己,然后猛然想起,和它们初次见面,是在初中时代好朋友雨的本子上。那是一个牛皮纸封面的"工作日记"，上面满是雨的摘抄。不是那种专为作文而用的好词好句，而是……一些十四五岁的女生真正喜欢的文字。

如果人生是座图书馆，那些写满了诗和歌词的册子必然被收纳在入口附近的书架上。互联网前时代，摘抄是对文字最高的致敬。但亲笔书写过的字句，居然如此难忘，究竟因为年轻，还是因为深情？或者，二者兼而有之，也许，它们本来就亲如兄弟。

雨的摘抄本彻底点燃我的叛逆——当然，它们是一拨总量极其微小的情绪，简单说，我只是再也不想为抄录作文范例式的文字而动笔了。心中的"小魔鬼"开口：我其实没兴趣做那种人人称羡的"别人家的孩子"。

重打鼓另开张，我也有了"另外"一个摘抄本，然后誊写了雨的摘抄本上的大半文字。我其实已经记不太清初中时候友谊的真相到底是什么，只记得我们在当年就经常讨论些富有哲学意味的问题。雨总是问题的发起者，而我，是被动思考穷于应付的那一个。

"为了一个高尚的目标，是不是就可以不择手段呢？"

"高尚的目标？比如呢？"

"比如……环球旅行！"

"环球旅行？那你准备怎么不择手段呢？"

"就是……拼命赚钱啊。为了赚钱，无所不用其极。"

"……"

藤萝架下的对话，糅合着初夏的光影，和我的淡绿色条纹衬衫以及米色长裤一起，显影成一幅照片，栩栩如生。我甚至能描画出一串串紫藤从白色石栏上垂落的样子，阳光漏在我们身上，留下一个个金色斑点，雨的圆脸庞上挂着狡黠的微笑。

"这个……不能算是高尚目标吧？"

"怎么不算？增长见识，开阔眼界，为了生活更有意义啊。"

"只对自己有意义，有点儿自私。"

"增长了见识，可以当好的老师，教给更多的人啊！"

我忘了这场讨论是怎么结束的，最后是不是我有些词穷，根据经验，我们的谈话多半是被上课铃声终止的。不过，思考无法就地刹车，我们多半会传递小纸条继续观点交锋，直到被老师的眼神警告，偃旗息鼓。

雨总会抛出些我从未想过的问题。譬如：一盘樱桃，有最甜的，普通的和不太甜的，你会从哪部分开始吃？

说这话时，十几年光景倏忽而逝，我们已过而立。高中、大学乃至工作，我们各自生长，没有交集。这一次偶遇后的咖啡，没想到，她还是准备了拿手的怪问题。不过，相比十五岁时，我笃定许多：

"当然从最甜的开始吃。"

"可是，最甜的吃完了怎么办，岂不是越来越不好吃？"

"如果觉得难吃，可以不吃啊，把最好的吃掉，才不会浪费。再说了，如果吃到一半，你被人喊走了呢？回来时，也许樱桃被人吃了，也许时间久了坏掉。即使以上都没有出现，没有最甜的比较，其他的也没那么差吧。总之，把好东西吃到肚子里就没有遗憾了。"

雨不认同。她觉得好滋味应该用来慢慢品尝，同时，把最好的留到最后。好吧，此时的我已经极度不热衷辩论，只是觉得她又问了一个好问题，石蕊试纸一般温柔而锐利的问题，拿去测试周遭亲朋，三观即刻显影。

我觉得她才是好事的提问者，每天大脑马达轰鸣，不断炮制话题，拷问人性端倪。相形之下，我的那些形而上的思考，似乎已经和人类社会渐行渐远，正穿越大气层，绝尘而去。不过，最初的那些提问和思考，总会在某一时刻跳将出来，凛然相对，我甚至怀疑，当年的一个个问题，到底是出自那个与我同年的小丫头之口，还是命运假她之口与我对谈？因为，当我啜一口热咖啡，把心心念念的往事说给她听时，她一愣，继而大笑：我还问过这个？你记错了吧？我真是一点儿都记不得了！

同样的阳光雨露之下，每棵树都在生成独一无二的年轮。我觉得她没记错，当然，我也没有。每个人的记忆都由自己独有，归拢到一处，也拼不成平展完整的巨大版图。不过，这样的世界才欢乐有趣——一颗几十亿岁的古老星球因为充满阴差阳错，仍然显得笨拙天真。

记忆是画稿，从未公开展出，因而几乎无法验明真伪。

我曾经在二环主路上骑车。那是 2002 年，夏天的夜晚，二环路隆重大修中。我的骑行技术很差，好在有男神一旁护驾。然而终归力有不逮，我索性坐上后座，专心享受空无一人的崭新柏油道路，让裙裾摇摆在温柔的夜风里，发梢也在耳后飘啊飘的。依稀记得，这条新铺就的道路，用上了"特立尼达湖天然沥青"。

我有一张和长颈鹿的合影。那是更早的从前，一个我对动物园还不很抵触的时代。我穿淡蓝色薄牛仔衬衫，外罩粉白色套头毛衣，背着双肩包，回头对镜头大笑，一只手还使劲举高喂给长颈鹿的枝叶。那是工作后不久的十一长假，画面外还有一男一女，都是我的密友。那天北京大风飞扬，三个人在颐和园的西堤被吹得东倒西歪，而我发现身上的毛衣根本漏洞百出，毫不顶事。正瑟瑟缩缩强颜欢笑，同行的男生脱下夹克，硬要我穿上，而他自己只剩一件短袖白T恤。迎面而来的老夫妇笑着赞叹：小伙子，身体真棒，好么，大冷天儿，穿短袖儿！

十八年前，刚刚拿到驾照的我开着叔叔的吉普车大摇大摆去上班，可下班时仿佛灵魂虚脱，看着车马川流，死活不敢再上路。老同学火速驰援，假装镇定而实则手忙脚乱地帮我把车开回家。那辆时髦的吉普车其实有个吓人的毛病：一旦速度太快，整个车身就会夸张地抖动起来，只有减速才能让它重归平静。从建国门到安定门，沿途颠簸，我们已能假装自己正驰骋在草原上，只是不知道周遭的车们怎么看待这辆充满魔性的切诺基。

……

生活辽阔，一边画幅展开，一边卷轴收起，曾经切近的人也许好久不见，也许永不再见。某个瞬间，脑海里有些名字慢慢浮上水面，思念如红藻般疯长。

我曾读过一首诗，在我整日怅然而并不知道何为怅然的年纪。读过也抄过，但笔记和照片一起散失，而今我只记得其中几行：

我曾是一条奔流的河川，

一些名字像鱼出没在我的水波里。

而现在是寂寞的春天。

而现在，

我只能是怀念，

怀念一些名字。

但我怎能是河川，我们分明都是鱼儿，顺流而下，于波浪中错身，在暗礁里相逢。遇见谁，躲过谁，完全身不由己。那些在大洋深处散开的鱼儿，你们都还好吗？

电影台词说："所有鱼都很开心的，知道为什么吗？因为鱼的记忆力很短才3秒钟，当它从鱼缸一头游到另一头，再回头时已经不记得自己刚刚游过，以为又到了新的地方。"我才不信健忘能让人快乐。事实是，大脑的任何损伤都无助于幸福。所以，我要把你们的名字和故事重新誊写，然后装入最坚固的漂流瓶，再用一根丝线把它拴好。当我游泳时，你们就在不远处漂浮吧，想念时，我轻轻一拽，你们就要马上回来啊。

其实，我和雨近来见过，在通往酒店健身房的那条光可鉴人的长长走廊。果真像两尾鱼，我们彼此颔首，悄然错身。不再有荒诞而有趣的问题，甚至无须说话。朋友圈足以诛杀昔日的友谊，君子一言，驷马难追，哪里还有地久天长。然而，往昔完好无损，如冰海沉船，在旧日的水波里，怀抱着那一刻的时光与宝藏沉睡。

对了，鱼儿确实不是健忘的生物。美国研究人员早就证明金鱼有至少三天的记忆，而另外一些科学实验表明，金鱼至少有三个月的长期记忆。

所有的鱼记得所有的故事，甚至记忆的总和超出所有。不过，我们永远不知道下一秒会怎样，所以，无论人生鱼生，过好现在这一秒，已经足够。

当然，在余生的闲暇里，我们仍可怀念一些名字，即便从此扬镳分道，永不再见。

友情难得易失，但破镜光华灼灼，一切完好，无须重圆。

口红怀古

"今年经济不太景气啊……"

"为什么这么说？"

"在我这儿买口红的人特别多。"

……

当你有位兼职经营微商的朋友，就仿佛交往到一个迷你经济学家，大数据时代，一切样本均能成为窥见生活真相的帮手，某种真相。口红大热一年，"口红经济"不啻为专柜店员心中最熟稔的新闻语汇，但若以我的生活为样本，经济则早已低迷多年，并且在可预见的未来也难见起色。因为，我对口红的爱，实在由来已久。

对口红的迷恋或许源于小时候读的某则童话故事，一位暴虐而愚蠢的国王总爱把犯轻微错误的百姓处以重刑，不光给他们戴上镣铐，还要在脸上做标记，如此，他们的囚徒身份便一目了然。后来，国王惊讶地发现，某些因为犯罪而被在嘴唇盖上红戳的姑娘反而显得很美，于是，犯了花痴，下令后宫嫔妃仿效……我忘了故事的结尾到底是善恶有报还是皆大欢喜，有没有一个特别聪明的姑娘最终解救了所有百姓，从而成为中国版的山鲁佐德。只记得这是从学校图书馆借来的图书，而从和平门外的校园到小六部口的奶奶家，我一路走，一路看。夏日的午后，槐树撑起巨大阳伞，一个捧着书，背着双肩背包的小胖丫头沿着幽静的新华街踽踽独行，从南到北，先路过细瓦厂胡同，又路过帘子胡同……最后走到音乐厅的后身儿，小六部口胡同。人到家，书也看完了。荒诞的故事经年沉淀，最后只剩下一个小女生对口红的记挂……

　　每年我都会买些口红，不，其实是每一季，乃至每个月，都会买。当然，每年也会丢掉不少，那些不再喜欢的颜色，不再适合的……它们往往藏匿于某只手袋的暗兜里、夹层中，待我发现，早已时过境迁，好像学生时代的依恋，一旦错过，便只好"此情可待成追忆"了。

　　时尚的可恶之处在于不停在那些原本无人注意的色彩饱和度之细微差别上大做文章，并且言之凿凿地警告你，如果不用这种当季的新色，你就 OUT 了。而事实上，每个人的肤色早决定了能与之相配的色彩少之又少，当你被三分诱导七分逼迫地买下某色系唇膏、眼影乃至腮红之后，发现自己的发色又显得笨拙突兀了，于是，再去挑染修饰一番，然后，终于得出结论：最大的问题出在眼睛上！你还缺少一副彩色隐形眼镜！完美武装到瞳孔之后，洋洋自得地瘫在沙发上小憩，不想迎头撞见电视上第 N 次播放的最有暑假味道的《西游记》，你定然惊觉盘丝洞里的女主们相当眼熟，简直就像是……此时妆容完美的自己。你以为我在说谁？是的，我只是沉湎在回忆中，和十几二十年前的自己寒暄了几句，而已。

一个人对自己的容貌过于自信或者过于不自信，都不适宜在大商场的化妆品专柜前闲荡。销售们惯会揪住你眉梢眼角的一缕神色，穿凿附会地推销自家商品。好在我早能熟稔拒绝那些巧言令色：早先还要礼貌地闪躲，客气说不用，谢谢；现在，穿梭于枪林弹雨中，闲庭信步，面不改色。遇到实在啰嗦的，只消一个眼神，就能让她知难而退。四十岁之后，我不再乱买眼影（并不是因为存货满仓满廪，那些未消化的五彩斑斓早就处理掉了），也极少使用腮红，但对口红的情谊却与日俱增。不用销售挖空心思，我往往能够让她们惊喜。两种颜色哪个好？她们喜欢帮犹疑的顾客们做决定，但我总是更热心的那一个：算了，别费劲了，我都要。我讨厌那些恭维：您的皮肤白，涂什么颜色口红都好看，或者，这么清晰的轮廓，都不需要勾唇线……当然，我也没有当场指出：赞美需要来自非利益相关方才有价值——但基于超过 20 年的购买经验，我的心得是，过于耿直地打断她们也会造成购物过程的不完美。所以，只消用赶直播的理由催促她们，就可以让这场令人冒汗且并不由衷的表彰尽快落幕了。

买过的口红总有几百支了，大多数不会用完，也不被记得。但是，人生的第一支口红，怎么能忘呢？

那是一支万里口红，颜色也就是红——那个年代口红唯一的颜色，红五月歌咏比赛前，我们的嘴巴上被老师涂抹的那种颜色，比 Dior 经典的 999 号略深一些的红色，就是一支普通的口红。一支不起眼的黑色塑料管，上面有个红色小帽，像注射器那样，向前推出来用。那支口红是奶奶家梳妆台抽屉里的奢侈品。口红当然不属于我，因为那时，我才四岁多。不过似乎那也不是任何人的私有财产，那是一个成年人尚且素面朝天，化妆完全是舞台专属程序的年代。

那个时候，某次幼儿园演出了孔雀舞之后，我作为主要演员之一，特意带着浓妆，拉着妈妈，去照相馆拍照留念，一路上吸溜着喘气，生怕把口红蹭掉了。当时，我觉得自己特美，当然，现在看起来，那妆容相当惊悚——看身手，不出意外的话，化妆老师很像是戏班出身。

对口红的向往经常驱使我在寂静无人的下午，偷偷跑到奶奶家里屋，拉开梳妆台上的那个小抽屉，拿出那支黑色的似乎有着巨大魔力的口红。初夏的院子，葡萄架的影子泛着淡淡的绿色，奶奶多半正为一家人的晚饭忙活，或者被叫去居委会开会……而阴凉的房间里，一个小胖丫头正趴在梳妆台上，小心地抠开口红，悄悄推出一小截，在肉嘟嘟的嘴唇上下各点几下。口红被迅速复原，放回抽屉，小胖丫头对着镜子，半张着嘴，用手指头把口红慢慢晕开，然后各种顾影自怜，不知道怎么美才好。

轻盈美好的梦境总是会被放学的表姐、姑姑，或者下班的叔叔打断——院子里的人声会让我赶紧坐回到写字台旁，或者去外屋假装洗手，顺便把口红弄掉。当然，可疑的形迹也免不了被颇有经验的表姐和姑姑发现。我和口红的故事因而经常露出马脚，但只要不被妈妈知道，就没关系。在对于美的追求上，姑姑、表姐和我，我们这一拨人，不过是五十步笑百步。

至此，这支口红还不属于我。而且，这年初冬，我们搬家了。爸爸单位分了新楼房，我也要回去上幼儿园大班了。大衣柜、小衣柜、脸盆架、小桌子……还有我，都要被装上汽车。临上车，表姐拉我一把。我狐疑地跟着她走出几步，只见她从衣兜里掏出一个东西，塞到我兜里。

"这个，送给你。"

"什么呀？是糖吗？"

我们俩都喜欢话梅糖，还有酒心巧克力，我猜，可能她特意留给我一块。"上车再看。"表姐说。

我是一等一的乖乖女，真的等车开动，才把手伸进兜里。天哪！居然是……口红！摊开掌心，那只万里口红就静静地躺在我手上。回头看，表姐正和爷爷奶奶叔叔姑姑站在门口，目送我们离开。

这就是我和我人生的第一支口红的故事。那支古老的万里口红深具里程碑意义，它不仅进一步巩固了我和表姐的友谊，而且正式开启了我与口红们之间纠缠不清的故事。我仿佛受到了鼓励，自此在臭美的道路上越滑越远，用我妈的话说，刹车彻底失灵。但难道不是……越臭美，越爱这个世界吗？听说有个公益活动的口号也是如此。我心甚慰。以说话服务社会的媒体人，怎么能不好好犒劳一下嘴巴呢？高兴时要说，不高兴也得说，或许还需更加兴高采烈，语言既不能表达情绪，那就只有用口红了。如果你看我涂了比车厘子颜色还要暗沉的那种口红，我们最好不要开口交谈，点头微笑互相致意就好——是的，就是那种，好像血浆干涸之后的颜色。而如果我涂了烈火一样的鲜红色口红，那当然就是满血复活的意思喽……如果有空，我甚至愿意请你喝一杯。

多年以后，我见到一张老照片，那是爷爷奶奶婚礼后的合照。新郎新娘、伴郎伴娘、亲友、花童……即使是黑白照，仍然美得像场荼蘼的旧梦。等等，二十岁着一袭时髦高订婚纱的奶奶，肉嘟嘟的嘴唇上分明涂了正红色的唇膏！那是 Dior 的 999 吗？年代久远，逝者如斯，细节早已不可考据。但那种对于正红色唇膏的钟爱，原是写在家族基因里的秘密吧。

男女间的误会

男人是种"自大"的动物。这一点女人们请务必了解。当然，个体总有差异，不能一概而论。但总体来说，是这样的，甚至，越"成功"越"自大"。事情并非绝对，不过为减少误解，我们不妨对"自大"多些了解。

男人自大起来会有什么表现呢？

某天，女生收到短信，邀她出席晚餐聚会。无奈一周一次饭局已是宅生物的极限，于是她当下谢绝。出于礼貌，她补充说明了原因：每周假如没有足够的独处时间，我会感觉非常幻灭的。

对方回信瞬间而至：我也想和你单独见面。周末我们烛光晚餐怎么样？

女生以为自己手滑，发错信息，当即回头查看。可是，并没有丢字落字啊，对方何至于误读至此？

独处，难道不是一个人待着吗？不过，倒也不能怪他，缺乏独处经验的人很可能把这个词按自己的意愿误读为两个人的"单独"相处。当然也不算错得离谱，尤其对于一个志得意满的男人来说，这或许只是日常，不是错误。

男人普遍有着比女人更强的自信心，甚至有时会模糊了自信和自大的边界。我常想：不知道他们缺少的那半条染色体上是不是正好负载着谦逊低调这些内容？还是，社会环境和文化传统中的性别不平等造就了这些差异？

小学时，我和另外一位男生是班里作文成绩数一数二的学生。一类下是 92 分，一类中是 96 分。几乎没有人会在作文里得到满分，所以，96 分就是最好的成绩了。男生坐在我的前面。每次作文本发下来，他都摆出一副舍我其谁的模样，趾高气昂地环顾四周，偷瞄别人的作文，而后夸张地做鄙视或嘲笑状。每一次，他总等着看我的作文本。我越不给他看，他越以为我的分数不如他，于是瞅不冷把本子抢走翻看。大多数时候，我的成绩是 96。于是他又垂头丧气地把本子还给我。这当然是小男生捣蛋的一种，但其中明明也有掩饰不住的自信，甚至小小的张狂。这其中可圈可点的地方大概是他有目标，就是超过某某，位列第一；而我，则并无此类目标（这样看来，我竟然从小就是散漫的人啊）。

当然，我的刻意"低调"可能是另外的问题。比如，我总以为过度自信是不正确的，而有了成绩就更要格外谦逊，这大概也是执念的一种。事实上，过分自信在我眼中是荒诞可笑的行为，所以，我既不喜欢激情澎湃之人，也不大容易受到鼓舞和煽动。我甚至认为，过度自信，以至于自大，是一种十分不祥的征兆。

不过，现实生活中，自大的人，却往往是世俗意义上相当成功的人。

所以，当听到有女人说"因为我太好，所以男人不敢追"的时候，不禁哂笑。男人，可不是这样的物种啊。

他们是什么样的呢？有的时候会胆大妄为到出乎你的预料。即使已经成为朋友许多年，他们或许还是会在某些时候把你列入可以"进一步发展"的名单。

某个秋末冬初的季节，树对昕突然隆重起来，在某次晚餐时刻，他居然明确表达了那种特别的喜欢。昕不止错愕，简直懵了。我们可是多少年的朋友了，虽然您或许是位钻石王老五，但我结婚的消息也早昭告天下了啊。当昕向他指出这点的时候，这位仁兄竟然说："你们俩的感情不是不太好吗？""谁说的？！"昕简直快气疯了。而树一脸委屈："明明吃饭的时候听你吐槽过你们吵架的事啊？""天哪……"昕只好默默脑补了一排黑线和省略号，然后在心中将树重新归档，放入"不可聊天"分组。

当男人嘲笑女人的发散型思维的时候，我不得不说，男人们经常引以为傲的高效率的直线型思维也真是让人够受的。其实，当女人讲述一件事情，我们不过是在从大脑中排除这个问题。因为说出来，几乎是我们"排雷"的唯一方法，我们并不想要真正地解决问题，或者说，当我们将问题排除出脑海时，它也就算是部分或全部被解决了。如果需要，我们会主动求助的。而男人呢——

当然，这也是我通过不断观察与思考得出的结论——他们往往把谈话看作是向别人传递信息的方式，他们很少或从不像女人那样，把谈话仅仅当作联系的纽带。

在某一时刻，我觉得自己简直成了正在进行田野调查的人类学家，而我的调查结论就是以上这些。尽量少和男生进行无意义的谈话和吐槽，因为他们的大脑是一定会按照他们的喜好从中寻找他们需要的线索、信息和证据的。他们说不定会认为，你是在故意暗示什么。

男人的自大，或许是因为考虑问题不够周全；而女人的裹足不前，也许是因为把事情想得过于复杂。

所以，和女人相比，有时男人才是神经过敏的那一个。

如果他觉得你不错，就会开始进入一种证明状态：她也喜欢我，你看，她对我笑了。其实，礼貌如你，一贯笑脸迎人。又或者：你看，她答应和我共进晚餐，所以，我们可以进一步发展了。见鬼，都什么时代了，餐厅也算是商务场所，而不是直接通往卧室吧。

但是，时代的进步速度远胜于大脑的进化速度，虽然女性早就承担起和男性同样复杂或重要的工作，甚至于完成得更快更高更强，但你仍然不得不接受你的男性朋友或同伴们大脑的原始审查。相信我，虽然我们不胜其烦，但这种"自大的滥情"绝对也算是一种恭维。因为，对于没有吸引力的女人，他们是没有一分钟时间可以浪费的。是的，所以，当男人们抨击女人物质和现实的时候，通常忘记了他们自己才是最现实的存在。当然，这也是拜直线型思维所赐，不能怪他们居心叵测。

有的时候，男人的"自大"也是蛮可爱的。我曾经看过一则广告，是关于再生纸的。课堂上，一个小男生迷上了一个小女生，于是写了一张纸条：你愿意和我约会吗？下面两个选项：yes和no。小男生把纸条揉成团，丢给小女生。小女生打开纸团，毫不犹豫地用铅笔选了no，然后丢回给男生。男生沮丧得不得了，可是一扭脸，又发现了另外一个可爱的小女生，于是，他把在选项 no上做的标记用橡皮擦干净，又把字条揉成团，重新丢给了第二个女生。这一回，他得到了yes的回答。我不得不说，这条暖心的公益广告也像是出自人类学家的手笔：若非对人性有着深刻的理解，必然无法创意得妙趣横生，而且入情入理。

是的，他们就是这样。所以，即使是收到了"恭维"，千万不要以为是长效的赞美，也不必过于认真。

可爱的骨头

小时候，确切说，是在幼儿园时代，父母就教我读古诗，背古诗。一套带插画少儿版《中国古代诗歌选》里，最长的几首诗《木兰辞》《兵车行》《卖炭翁》《石壕吏》，还有《茅屋为秋风所破歌》我都背过。最不喜欢《卖炭翁》，因为这位苦哈哈的卖煤老头，我打小儿就不爱白居易。我喜欢《木兰辞》："东市买骏马，西市买鞍鞯，南市买辔头，北市买长鞭。"还有："雄兔脚扑朔，雌兔眼迷离，双兔傍地走，安能辨我是雄雌？"更爱《兵车行》："车辚辚，马萧萧，行人弓箭各在腰，爷娘妻子走相送，尘埃不见咸阳桥。"一开场的兵荒马乱，竟让四五岁的我，内心升腾起一种雄壮的欢喜。少不更事的孩子如何能领会人民对战争的痛恨和穷兵黩武带来的痛苦，只是单纯地爱上了那种铿锵喧嚣的气氛。不过，这首诗最悲切的结尾，却常需要爸爸提醒才能背得出来："君不见，青海头，古来白骨无人收。新鬼烦冤旧鬼哭，天阴雨湿声啾啾。"

我其实相当不解：一场人声鼎沸令人讶异的耸动大戏怎么就这样凄凉低沉地草草收场了？

爸爸只能讲解诗歌，却无法对小女儿透彻地阐述人生道理。何况，那时的父亲母亲不过三十来岁，他们对于命运也似懂非懂吧。

但诗中那惊天动地的开始和悲惨哀怨的结束，所有的变化开阖就此如电影画面一般定格在我的脑海里。行色匆匆，汹涌而来，最后土崩瓦解，虚空而去。这算是对"生命和死亡"最初的开蒙吗？

直到三十多年之后，面对一钵真的白骨，这些蝉联而下，累累如珠串一般的句子轰然冲进脑海，我才恍然大悟，那些少时的功课，你记过念过的词句，一直躲在时光的某处，伺机而动，出神入化，惝恍莫测。

我面对的是姥姥的遗骨。

姥姥在大连往生，我陪母亲急赴大连奔丧。因为没能见姥姥最后一面，母亲懊悔悲伤至极。听说弥留之际，姥姥一直念叨母亲，但消息被刻意封锁，母亲的探望也被反复劝阻，直到母女二人阴阳永隔。母亲得知消息后失声痛哭。此时，对于凉薄亲情充满不解和愤怒的母亲，在我眼中是个小女生。我冷眼旁观，人生从来诡谲险峻，万勿抱有过高期待。走过罪恶的荆棘，鲜血淋漓而不吭一声，这正是人生功课，时间久了，自然步步莲花。

我搀扶母亲送别她的母亲，帮助布置告别室，写挽联，瞻仰遗容，送遗体火化……没有一点畏惧退缩。我知道我会镇定，但依然惊讶于自己的镇定。已经两天两夜没合眼的母亲彼时哭得几近晕厥。我们按照当地风俗，参与繁复的超度仪式。我尽力配合，但心下一直琢磨：姥姥是个基督徒，身后却被安排了这貌似儒释道合一的世俗化丧仪，她老人家在天之灵俯瞰众人幽默演出，会否莞尔？

姥姥八年前即已行走不便，关于是否手术，家人意见不一，母亲一怒之下，结束漫无边际的拖延和讨价还价，自掏腰包为姥姥做了关节置换手术。术后历经康复，姥姥又能健步如飞，母亲却因日夜看护而落下耳鸣的毛病，一只耳朵完全听不见了。此后，每晚母亲帮姥姥洗脚，看着自己腿上的伤疤，姥姥都会笑着念叨：多亏了我的大闺女啊，要不我就再也不能到处跑跑颠颠了……想起这些，母亲泣不成声。我搀扶她："姥姥最后八年都能行动自由，多开心啊。虽然你没能在最后陪伴她，但那个关节一直在很努力地陪她啊，这比什么都更能让姥姥幸福，对吧？"至于没有见到最后一面，我更言之凿凿："姥姥就是想让我来送她吧。您看，之前我工作缠身，早一天也走不脱啊。只有现在，我才可以陪您一起来送姥姥，所以，一切都是最好的安排呢。我相信，这也是姥姥最乐意看到的。"母亲沉默不语，话却是听进去了。

这并非平白宽慰，我始终相信，一切都是最好的安排。

一小时后，主持仪式的"经理"把我们领回休息室，抬手指向窗台："看，多好啊。"

顺着她手指的方向，只见一只高脚银盘托着一堆白得耀眼的东西——那就是姥姥的遗骨了。这是我有生以来第一次看见人的骸骨，奇怪的是，我竟然不觉得恐怖，反而有些诧异：它们……竟然那样洁白，莹然如玉。

最为重要的拣骨仪式开始，遗骨被请到桌案上，每个晚辈需要用准备好的长筷拣出两块遗骨，放进骨灰盒，再由长子完成最后的拣骨程序。"真好啊！"我随喜赞叹，希望能化解哪怕一点点悲伤。我排在队伍的第五个，紧跟着妈妈。仪式结束，妈妈悄悄对我说：我刚才拣了姥姥的腿骨。我偷瞄一眼，见她眉头终于舒展，眼角居然还露出一丝喜色。我心下默默感激排在前面的舅舅、舅妈和表弟，他们没有拣选那根狭长的腿骨，而让母亲微小的心愿得以满足。

一位大我三岁的长辈来到母亲身边：大姐，您不是说没见到三姑最后一面吗？我手机里有三姑走前一星期我去看她时拍的视频，您看……

视频里，姥姥坐在椅子上，在我这位小表姨的带领下，正按口令做着捶腿练习，银白的头发，大红的毛衣，脸上笑呵呵的……妈妈一边拭泪一边连连点头。

按照风俗，安放骨灰之后，全体亲朋要聚餐一次。我们在舅舅家附近的家常海鲜菜馆会合坐定。午饭时间还早，大家喝茶闲聊，等厨师开工。俗气的流行歌曲一首接一首毫无章法地从音箱流淌出来，嘈杂的声浪在四周汹涌，一波未平一波又起。我细细剥一个桔子，调试自己的耐心，然后退到角落的窗边接一个善解人意的电话……当我第十次看向腕上的手表时，那首歌陡然响起……我微微一怔，举目四顾，只见母亲和我所不熟悉的亲戚们散座几桌，三三两两聊着家常和久远之前互相走动的日子，没有一个人的表情有哪怕细微的变化。我一时恍惚：整座饭店里飘荡的歌声，难道只有我听到了？那首女声哼唱版本的《天空之城》，和之前的一切曲调天差地别。没有字句的浅吟低唱倏忽入耳，而那些沉在心底的歌词被一一唤醒，浮上心头：

传说在遥远天上，闪耀着光芒，有一座美丽的城，隐隐漂浮在云中央。不知道它的模样，也要为找到它方向。但愿能够向天空飞去，找到梦中的地方。探访天际的家乡，你是我的翅膀。背上那充满希望的行囊，追寻着理想。在天空的那座城，有小野花飘香；在天空的那座城，鸟声似歌悠扬……

轻轻地凝望天上，在心里轻轻唱，依稀中仿佛听到，家乡的鸟儿在和唱。谁愿陪伴我身旁，找到它的方向？随我一起向天空飞去，找到梦中的天堂。探访天际的家乡，你是我的翅膀。背上那充满希望的行囊，追寻着理想。在天空的那座城，有小野花飘香；在天空的那座城，鸟声似歌悠扬，鸟声似歌悠扬……

面对长窗外的冬日暖阳，我感觉到自己终于长舒了一口气。

忽然想起一部电影，是叫《可爱的骨头》吧：小苏西到了天堂，不得不接受她已死亡的现实，只能在那个"生命只是永久的昨天"的地方俯瞰着地面上的一切。像幽灵一般，苏西年复一年地注视着家人和好友悲恸欲绝，观察着冷酷的凶手逍遥法外，甚至希望能给发愁的警长一点线索。但死者已矣，生活却在继续……

电影是真实的故事，生活有时也像电影。但，无论如何，姥姥此刻应该也在天堂了吧，对于基督徒来说，静谧美满的天堂不是灵魂最好的归宿吗？在那里，天使无比轻盈，生活无比安宁，岁月无比宽容。

大幕落下，若你能对着烽烟散尽号角无声的舞台说一句，"岁月不饶人，我也未曾饶过岁月"，则一切仍是最好的安排。

一颗眼泪守在眼角，我用微笑凝结了它。现在与过去隔着一条长河，时间始终是位勤勉的摆渡人。悲伤是河底的卵石，经年累月，终于浑圆。

酒店餐吧里那位开朗俊逸又周到的服务生是否曾在天宝年间和我一起御敌边关，浴血奋战，马革裹尸？辗转祸福之后，出生入死的兄弟早已无从相认。你将成为谁，还会遇见谁？过去的过去，一碗孟婆汤之后，你不记得，我也忘了。但未来某天，我们还将有机会亲身破解这道谜题。

心之魔法

和身边如云的高效能优秀人物相比，我永远只是有潜力的那一个。所谓潜力，当然是不够好的雅号。好像某年的高考语文试题：钻探者不断打井，但距离水源总有一点距离，所以，他一无所获。当然，命题的要义在于专注和执着，不注意审题，三观不正，均无法写出高分作文。学生时代，我的作文总能收获高分，可惜知行无法合一，我并不想把自己的生活如此实践。如果此生不过几十年，何不把光阴悉数用在探索人生的可能性上？即使无功而返又怎样，就好像谁能把功名带到坟墓里似的。面对成功，我总是一副无赖嘴脸：假使我就是喜欢钻探的过程，你奈我何？

当你生活在一群优秀人士中间，不很成功还不够努力，就很难受到赞同。我和我的同好者往往素不相识，我们散落在天涯海角，颇像被天神播撒向人间又遗忘在脑后的火种。但，因缘际会，我们仍可狭路相逢。

某天，在健身房的跑步机上无聊换台的我，就这样遇见了《拉面姑娘》。

《拉面姑娘》是部电影，女主是个美国姑娘，故事却发生在日本东京。这种设计本身就给人很大想象空间，想到一个人不为什么远大的理想和目标，就可以在国外晃荡着生活，心里就觉得自由——现在回忆起来，这大概就是当初吸引我把这个电影一直看下去的原因吧。

为"爱情"只身来到东京的美国女孩艾比，却意外地被爱情抛弃。失魂落魄的她走进一家"中华拉面"馆，老板为她做了一碗把葱换成菠菜的拉面，于是，一股神奇的力量牵动着生活原本浑浑噩噩的艾比，只是这一次，不知道做事三分钟热度的她能否坚持下来。这家拉面馆似乎有魔法：温暖的灯火下，一只会显形的招财猫，一碗吃了会哈哈大笑的拉面，有表情丰富的老板娘和奇形怪状的客人，以及被人称作"暴君"的拉面师傅。自从艾比吃了暴君的菠菜拉面后，决心要和这位暴君师傅学习做拉面。

老爷爷的拉面手艺着实了得不说，他还会魔法，根据店里每一个客人的表情揣摩他们的心思，然后加入独特的调料……然后，吃着拉面，他们紧锁的双眉舒展了，甚至豁然开朗起来，等到抹一抹嘴巴离开小店，已经喜笑颜开，幸福满怀。

这是闹市区一间小小的店面，来的都是附近的上班族。熟悉的客人都不明就里，只有美国姑娘发现了拉面的魔力。

正如"暴君"所说："一碗拉面就像一个宇宙，有从海洋来生命，深山来的，还有大地球来的，而肉汤给了拉面生命。"在日复一日的艰苦学习中，艾比逐渐掌握了制作一碗拉面的所有技巧，可汤的滋味似乎还差点什么，"暴君"也没有办法，于是带着艾比来到老妈家寻求解答。"暴君"的母亲尝了一口艾比做的面，说："你做的每一碗拉面都是给顾客的礼物。你做的食物就是客户的东西，包含着你的灵魂，这就是为什么你的拉面要充满纯洁的爱。"虽然语言不通，但艾比看着老人家的眼睛仿佛什么都懂了，她哭诉："我不知道什么是爱，我已经没有感觉了，它消失了，我所剩下的就是痛苦和伤心。"

老母亲也懂了似的，自顾自地说："那就开始用你的眼泪做汤吧……"艾比回到拉面馆，按照暴君妈妈的嘱托，独自一人安静熬汤，一边不断垂泪。奇怪的事情发生了：人们吃过艾比的拉面，纷纷流着泪互诉衷肠，说出压抑在内心已久的伤痛。连往日严厉苛责的暴君也流下了思念儿子的泪水。就这样，艾比在"暴君"的支持下用青椒、西红柿、玉米做出了会让人流着泪吐露心声的"上帝拉面"。

所有倾注了感情的作品都有着非比寻常的魔力，但你需要先疗愈自己，才能打动别人。魔法，是种不自知的本领。

我相信魔法，当然，这不等于我相信圣诞老人以及灰姑娘和白雪公主。但是，庸常的生活中要没有些魔法，简直不忍卒睹。拉面暴君是会魔法的普通人，美国女孩艾比也终于练成了自己的魔法。普通人都有魔法细胞，但大多数人，都在成长中放弃了自我发现，只想沿着优秀的路标一条道走到黑。这样虽然不会获得魔法，但也许能够成功。

可惜，我对魔法的着迷远胜于成功。我知道，在魔法秘籍的扉页上写着大大一行字：做自己想做的。

《拉面女孩》电影中，艾比总说："我只是想做出我自己的东西。"而酒醉后的"暴君"师傅不由质问："自己的，自己的，自己的是什么意思？"

"做自己想做的"，这正是我和同路人的"接头暗号"。寻找和发现的过程可能有点任性，但只有做自己想做的事，才能召唤神龙，擦亮神灯，得到神奇的力量。那碗倾听自己内心而做出的拉面，无论是出自暴君之手，还是艾比之手，都充满了神奇的魔法，做自己想做的，过程中才会让人大笑、流泪、惊叹、不可思议，所以，它值得尊重，也令人神往。

我不在乎是否优秀，成功也不过是另外一种无聊的套路。按部就班地不断优秀，哪怕所谓成为更好的自己，也不过是把人生过得平庸的一条道路。我们的价值应该不仅仅是我们的工作吧。更重要的是，你要过什么样的生活？

幼儿园时代，我的个人表现似乎异常出色，所以，父母、老师希望我未来成为卓越人才。我考上了最好的小学，让他们更坚信我有成为卓越人才的潜能，而且，老师的鼓励和同伴的激励，一定能让我更加发奋努力。学习当然不是问题，老师同学也都非常优秀。事实上，他们比优秀更好，他们都是非常有趣的人。采草药、养蚕、喂兔子、放孔明灯、做竹蜻蜓，图书馆里有的是各种藏书……比学习刻苦更被提倡的是，懂得休息：能够全力以赴地玩儿才会专心致志地学。从小学到中学，我们似乎从未被刻意培养成最优秀的人，而是被提醒，世界的辽阔深广远超你现在想象的边际。

当然，从大学开始，我们就有了各自的专业方向，专业开始把我们的注意力限制在一个点上——它也许能让你成为专家，但是，你当真想把 18 岁时填的志愿，不折不扣贯彻终生吗？

工作以后，我时常怀念那个在操场上放飞竹蜻蜓，到处求告叔叔阿姨帮我找桑叶然后喂蚕宝宝的那个小胖丫头。我可不希望，曾经对世界充满好奇的活泼女生，日后成为一个缺乏激情，整天只想晋升和职称的中年广播主持人，那实在太乏味了。

成功进入下个阶段，按部就班，人有我有，令父母感到骄傲，让亲朋们不断羡慕……30 岁之后，以上这些就不再是我的人生目标了——当然，你也可以说，我是吃不到葡萄就说葡萄是酸的。但我觉得，真正的自尊意味着根本不在乎自己是否优秀，成绩、成就、奖励、奖杯、证书……所有的一切，都不能用来定义我是谁。

我确信自己永无可能当上世界五百强公司的高管，但好在我也从未羡慕过他们的人生。我只想不断探索生活的新可能，以便要弄清我的魔法细胞到底在哪里。探索的选择虽然属于自己，却往往让周围人不那么舒服，因为你和他们不一样。我有很多大帽子，比如，不思进取，比如，自我放任。按照自己的感觉生活难道不是自我放任吗？放着论文不写，职称不报名，评奖不参加，阳光灿烂的午后窝在家里画画、写字,难道不是自我放任吗?不是坐拥多套房产账户里也没有存款的四十岁女人,不想着怎么努力升迁,反而研究自己感兴趣而无关职业前景的东西,简直是任性加彻底自我放任。好吧,我承认,这是自我放任,不过,这种放任比所谓的积极进取需要更大的勇气和智慧,特别是,因为终有魔法作为报偿,这自我放任即迅猛增值。

高考作文题或许有标准答案,可是人生没有。我就是喜欢到处打井,并不渴望独占水源——我把打井当作兴趣和公益事业,造福后来人,难道不好吗?

说实话,自我放任好处多多,唯一的后遗症是,每次看到母校师大附中"诚、爱、勤、勇"的校训,我都会在第三个字上心虚一下。四十年来,我一直诚、爱、勇得理直气壮,不由分说,但,勤,是什么?在优秀的路上"不用扬鞭自奋蹄"吗?还是也可以选择忙天下人之所闲,为"无用"之事孜孜不倦呢?不过,想起某年最严谨的年级组长陈老师在她的代数课上放我们一刻钟假,让大家去围观日食,我笑:这才是我的母校呢。

最后,有个悲伤的消息:《拉面女孩》的女主,那个颇有表演天分的漂亮姑娘,在31岁那年因为心脏病不幸去世了。你看,人生无常,我们更加每一分钟都要尊重自己的感受,做自己想做的事。所以,你们去成功吧,我可是要继续修炼我的魔法,比如,明天再用自创的画法,在我的荷尔拜因画架上,胡乱涂抹一幅炭笔素描,并且沾沾自喜。春节前,写好春联福字,除了张贴在自家,还可以分赠亲朋。我读所有感兴趣的闲书，从小说到科学绘本，还有童书，然后碰巧在某天的直播里说出其中一句，那个刚刚失恋的男生听到了，顿时温暖释然……有人说：真挚比技巧更动人，所以鸟总比人唱得好。

　　我不知道最终能够做成什么，但为什么不能试一试呢？仅仅因为年纪，就放弃有趣的可能吗？如果真相是，除了生活本身，我们并没有别的事业，你还要坚持一路打拼，奔向卓越的老年吗？还是，偶尔也可以和我一起，寻找发自内心的真挚动人的魔法？

一餐饭

我不是一个较真的人。特别当年龄渐长，发现世间值得认真对待的人和事原本不多。不过，在认真的对象里，吃饭算是一件。我真的会为吃饭生气，假如饥饿时不能立马填饱肚子，或者说好的菜单又临时变卦，以及好滋味却没和对的人分享。我会怒火中烧，乃至怒发冲冠。对于以上这些，作为生活伴侣，猫头鹰先生自然知之甚笃。

所以，当我们的车在西湖景区的夜色中迂回，而饥肠辘辘的我已经为某饭店的自助餐准备好了相应的胃容环境，下面的对话就颇有几分惊心动魄了。

我：哎呀，都八点了，自助餐厅会关门吗？

司机师傅：应该不会吧。这家不知道，我工作的酒店至少会开餐到八点半的。

我：太好了！我想吃……

猫头鹰：可是……没有自助餐了。

我：为什么？八点就没有了？我都饿了！都怪讨厌的飞机，延误那么久……

说话间，汽车驶上坡道，在酒店大堂门前停下。车门打开，我有一秒钟的错愕——这里，不是香格里拉……随即，猫头鹰的声音响起：

"你看，这儿没有自助餐。……不过，可以吃你最喜欢的餐厅。"

"最喜欢的餐厅？"我狐疑。

我是不是忘了说我的另一个怪癖——极度讨厌惊喜。这大概因为我逾四十年的人生经历中其实从无惊喜，倒有不少以惊喜之名的惊吓。那些心心念念要给你惊喜的人并不了解怎样成全你的欢喜，货不对版还执意送达，岂非一场尴尬的惊吓？

猫头鹰怎能不知我对"惊喜"的厌弃？他断然不会涉险尝试，特别当我们的人生刚刚经历一场痛彻心扉的破产，这个春天，生活在我面前轰然倒塌。巨大而清晰的无意义感夜以继日在内心疯长，攻城略地，而我只退守最后一座城池，高悬免战，任凭兵荒马乱四面楚歌，我单凭城中余粮潦草度日。

及至这次假期，去我们最爱的城，也是屡次延后，兴致寥寥。

但这声淡淡的宣告，响鼓重槌，砰然有声，我在混沌中大吃一惊。这家是我最爱的酒店，里面有我最爱的餐厅——所以，我们可以每天早晚一直吃一直吃金沙厅喽？！面前没有镜子，无法照见当时的表情，不知眉梢嘴角错落牵动间能否凑成呆萌的表情包，但我心下明了：这次假期，意义非凡。

我不是饕餮之徒，老饕们为吃尽天下美食甘愿付出高额成本。而我只是顺道而来，仅对眼前的美好脱帽致敬。所有美妙的餐食，当是味蕾最深刻的记忆，而我，不愿辜负时光的任何美意。

除了能够真正懂得和共享食物美味的人，我宁愿一个人吃饭。大约二十年前，我曾在当年城中颇有名气的家常菜餐厅见到一位金发女士独自享用晚餐，宽阔的餐桌上除了烤鸭、宫保鸡丁和菠萝古老肉之外，还有一瓶啤酒。我和女伴不觉惊艳，悄悄剜她一眼，觉这独坐喧哗小馆，一人一桌酒菜的女客人相当骁勇。那个当下，我忽然开窍：原来下饭馆不只为联络感情，更可以单纯地与碗碟中的食物对谈，以专注的心情和敏锐的味蕾。我只觉那晚的月光下，桌前端坐的分明是位异域女侠。自此以后，我渐渐爱上独自吃饭——当我真正想念某种滋味，而非某个人物时，不相干的陪客反而是种搅扰，扰乱了我对盘中尤物的一片痴心。

饭局文化让中国人习惯把生意谈到餐桌上，我不知道这是不是符合卫生习惯，会不会造成消化不良？或许这些课题可以留待医生们研究。但我几乎可以肯定，由成功学黏合的餐桌文化，每天都在浪费着上好的食材和顶尖的厨艺。

我曾在四月某个雨后的明媚中午，来这间我最喜欢的餐厅吃饭。饭店很傲娇，预订房间只保留十五分钟，过时不候。那一天是周末，风和景明，佳肴适口，餐具精致，服务妥帖；滴翠的园林，啁啾的鸟声，正透过敞开的长窗涌入身边将你轻轻包围，一切美好得无法言喻。但我很快发现，除了我在大快朵颐，饭桌边的其他三位：友人，友人的朋友，友人的生意伙伴，他们竟然都吃得心不在焉，那些美好的米其林大厨级的作品，就在盘子里渐渐冷掉……简直暴殄天物。他们在聊着几千万乃至上亿的项目，聊着资本运营和光伏企业……食物和厨师定然会生气，我甚至隐隐听到了服务生的叹息——当他撤掉没有动过的例份招牌菜。我一向不是刁钻矫情的美食家，但我痛恨人们对眼前的美好无动于衷。

更荒诞的事情还在后面，那位喋喋不休炫耀着自己成功的投资人说，他为8岁的女儿买了一间餐厅，专门供女儿款待同学之用，就连餐厅的桌椅也是特别为小学生量身定制的。他认为他是合格的父亲和丈夫，虽然忙成空中飞人，忙到没有时间陪伴妻儿。对了，他还给了太太600万本金去炒股。到目前为止，他完美炫酷的家庭规划只有一个小小的遗憾：女儿抱怨总吃同样的饭菜腻了，问能不能换个厨师，或者再买间餐厅。这是女孩儿富养的极致了吧？有人会说。但是，除了用钱去衡量，女儿如何知道父亲对自己的爱有多少呢？对于一个8岁的小女生来说，用爸爸的钱请同学吃饭挣来的大把面子，能够填平不能和爸爸共进晚餐的深深遗憾吗？这间定制餐厅，到底是满足了女儿，还是满足了父亲呢？

我把这段故事讲给猫头鹰听，在上一个春天，我们雨中同游灵隐寺时。故事讲完，我们正站在灵隐院内的"心经"墙前，整面影壁上以汉白玉雕刻着《般若波罗蜜多心经》。像许多旅游景点不可追溯的奇怪风俗一样，来这里的善男信女们坚信以手触摸其中的某字，即可受到菩萨的祝福和庇佑，于是，好运自来。我们面对镌满字迹被人经久触摸而略显斑驳陈旧的墙壁：

观自在菩萨，行深般若波罗蜜多时，照见五蕴皆空，度一切苦厄。舍利子，色不异空，空不异色，色即是空，空即是色，受想行识亦复如是。舍利子，是诸法空相，不生不灭，不垢不净，不增不减。是故空中无色，无受想行识，无眼耳鼻舌身意，无色声香味触法，无眼界乃至无意识界，无无明亦无无明尽，乃至无老死，亦无老死尽，无苦集灭道，无智亦无得，以无所得故。菩提萨埵依般若波罗蜜多故，心无挂碍；无挂碍故，无有恐怖，远离颠倒梦想，究竟涅槃。三世诸佛依般若波罗蜜多故，得阿耨多罗三藐三菩提。故知般若波罗蜜多，是大神咒，是大明咒，是无上咒，是无等等咒，能除一切苦，真实不虚。故说般若波罗蜜多咒，即说咒曰：揭谛揭谛　波罗揭谛　波罗僧揭谛　菩提萨婆诃。

我问猫头鹰：如果让你选一个字，你选哪个？

他想了想：智。

我点头：几年前来的时候，我也觉得智好。不过，现在，我选明。

"明"是结果，是悟道，不论过程怎样，如果终能透彻明白，都好。所谓"朝闻道夕死可矣"。不过，大多数人似乎都不选这两个字。像"神""大""上""生""多"，甚至"蜜"上都有被反复摩挲的痕迹。

"最可笑的是这个……"当我把整张墙上被摸得最黑的"利"字指出来时，我们终于忍不住相视大笑——那可是"舍利子"的"利"

啊。但是，见到"利"字就不由分说冲上去劈手摸一个的男女老少，哪里会去管这是什么"利"，又是不是真的有"利"可图呢。

幸好，在这个问题上，猫头鹰先生和我并无太多分歧。我们都仗义疏财，而一蔬一饭的美好里当有生活的真义——这价值，对于懂得的人，也是叮当作响，如璀璨金币，落袋为安。

回到我人生收获了第一个惊喜的那个晚上，在丢下行李，简单洗漱之后，我们直奔主题——穿越曲折的回廊，赶赴我的餐厅之约，一解相思之苦。

之后，我们仍按各自时区生活，猫头鹰在东八时区，我是格林尼治时间。不过，第二天中午，他的午餐、我的早餐，又摆在餐厅临水的露台上，那把巨大阳伞底下。日思夜想的芝麻虾当然不能只点半份，春笋哪能少呢，青团一定要尝尝，素菜蒸饺味道变了没有？醉酒的花螺，也要也要啊……一杯冰白葡萄酒之后，我们和湖对岸假山石上晒太阳的大鹅夫妇相对傻笑，想起去年此时，心恻恻地痛。

朋友的微信闯进来，一位长年游荡在外的资深浪子：我回北京了，这两天能一起吃饭吗？不巧啊，我在杭州呢。随手发了张照片。太气人！北京正狂风大作，刮得昏天黑地的。我也笑，想，狂风暴雨有什么了不起，我心里早就天崩地裂过了，女娲不上班，我们于是自己动手，看看杭州有没有什么七彩的石头，可以补上缺口。当你希冀的幸福被命运一把掳去，而你并无丝毫还手之力时，你能怎样？

我在饭后躲回房间的庭院里喝咖啡，对着墙角那棵芭蕉想起二十年前的拙政园，然后晃晃脑袋，把回忆赶跑。我把脚伸进被阳光晒暖的池水里不停搅动，再拍下被水波扭曲的一双脚丫……北京的工作又在微信里涌出来。

"思伽老师，听采访录音。"

街采里隐约有猎猎风声。我告诉小编，哪几个声音应该调整次序，哪句不妥，最好剪掉。指挥若定。

"收到！"小编回复，"您那边背景里的鸟叫声，真好听。录下来吧。"然后，一个笑脸。

白头鹎的叫声，婉转如歌。围绕我们庭院的几棵大树上，至少两三个合唱团，天明即起，日日彩排。北京也有白头鹎，但远不如杭城的这些同类嗓音雄壮作风剽悍。我曾见它们在茂密的树冠下撕打殴斗，羽毛飞落，乱作一团，俨然大自然亲生的泼皮孩子。它们不在乎谁来观战，也不在乎挫败伤痛或互有胜负。在不捉对厮杀也不寻觅食物的光景，它们放声高歌，心无挂碍，似乎自由就是此生唯一的使命。我录下了它们的歌，整整两分钟。

我喜欢给人自由的东西，比如微信，我有时间就发，你有时间再答，安静从容，给足转圜空间。而电话一响，气急败坏，咄咄逼人，实在讨厌。或许最初的恶意源自余光中先生的散文《催魂铃》："电话线的天网恢恢，无远弗届，只要一线袅袅相牵，株连所及，我们不但遭人催魂，更往往催人之魂，彼此相催，殆无已时。古典诗人常爱夸张杜鹃的鸣声与猿啼之类，说得能催人老。于今猿鸟去人日远，倒是格凛凛不绝于耳的电话铃声，把现代人给催老了。"最不识趣的电话打来时，杭州正在雨中，而我们在最爱的餐厅晚餐，温一壶花雕。其时酒过三巡，菜过五味，正意犹未尽，想加些点心。我去走廊接电话，没完没了。那些会议和项目，有什么要紧？但喋喋不休。我觉得我是煞风景的人，竟然没有把电话放在前台，任由他说。终于，挂断，看看表，将近二十分钟。我回来，面有不悦。酒冷了，再去热，圆滚滚的两个大荠菜汤圆在碗里，居然还没有动过。

"你没吃？"我讶异。

"等你呢，一起吃。"盯着汤圆的眼睛灼灼放光，出于对猫头鹰的深刻了解，我真好奇他如何抵住这巨大诱惑。

好吃极了。我觉得汤圆很开心，遇见知音。在碗中等待的时刻，它是不是几乎认为自己又被无聊的生意经耽搁了命运，因而难免落得残羹冷炙的下场？不是所有的美好都被珍惜，而不被珍惜的或许真该高傲地绝版。因为终被懂得，这等待就别有意义，于它于我，都是如此。

时间永远是最宝贵的，时间即生命。所以，肯花时间的人和事，必然弥足珍贵。

想透了，碗中的汤圆明明就是女娲的七彩石头，嘱我退守城中，补好裂隙。天之美意，山高水长。

我有个朋友是那种粗中有细的东北大汉，他的人生哲学很简单，活在当下："人生最宝贵的东西是什么？时间啊！不信你想，如果让你账户上一下多了10个亿，然后让你变成60岁，你干吗？肯定不干吧！"那种带着黑土地口音的演讲，特别有煽动性。10个亿 VS 60岁，这个对比摧枯拉朽。但假若把时间换成细水长流的每一天，则可能被轻易忽略。为了工作和更好的未来而放弃和家人共进晚餐的大人会给孩子们怎样的示范？成功是重要的，而家人则不太重要？有个不太讨喜的统计数据说，这世界上的成功者永远只是少数，或许不超过5%。那么，超过95%的不够成功的我们，又该怎样度过余生呢？难道我们要靠"拼搏十年，一朝登顶"来为自己打气么？还是最好早早懂得一箪食一瓢饮的幸福呢？

行文至此，时近午夜，往事雪泥鸿爪。回忆的舟楫掠过脑海，水面随即印上闪光纹理，忽然想起，我的人生的确曾有惊喜。那年我4岁，确切说，那一天，我4岁。我过生日，赶上爸爸在大兴安岭出差，公事未完，没法返京。那一天，吃过面条和生日蛋糕，妈妈哄我睡觉。我表面平静，但心里嘟着嘴，奇怪爸爸怎会忘了我的生日。深夜，胡同里有摩托车声，随即喊声在院外响起"小六部口某某号，电报！"叫的是我的名字啊！我的电报！妈妈赶紧起身去开街门，电报上赫然印着：胖胖，4岁生日快乐！署名：爸爸。

是的，这是我人生的第一份电报，发自大兴安岭。一个绝对的惊喜，或许也是一粒种子。

岁月变迁，沧海桑田，光阴的故事接续不断，而我仍是我——4岁是我，40岁也是我。有时时光飞逝，有时度日如年，但能被认真看到的感觉，始终美好。寻找"被看到"的美好，于我，始终重要。

夜里，赶在小雨的间隙遛狗，撞见草地上白大仙正欢脱地跑出来觅食。蜗牛是它们的夜宵吗？还有蚯蚓？大刺猬完全没有注意到在一旁俯身定睛观瞧的我们，只自顾自地流连在它的菜市场。

夏

立夏　蝼蝈鸣，蚯蚓出，王瓜生

小满　苦菜秀，靡草死，小暑至

芒种　螳螂生，鵙始鸣，反舌无声

夏至　鹿角解，蜩始鸣，半夏生

小暑　温风至，蟋蟀居辟，鹰乃学习

大暑　腐草化为萤，土润溽暑，大雨时行

只有在北京的夏天，天空才会长出那么多离乱的云彩，我常看到嬉水的美人鱼，还有马萨马拉河边迁徙的角马家族。那一刻，天空划归私有。

这一位客人的样貌和唐宁街10号的首席捕鼠官颇有几分相似，黄昏时分，它常莅临墙头，观看我和PP的掷球游戏，饶有兴味。

幸福就是，你站在落满阳光和熟透桑葚的地上，笑笑地看着我。

傍晚金银花香喂饱了院子，但我却最爱在空调
房间里睡觉，闻着你的脚丫，自在安闲。

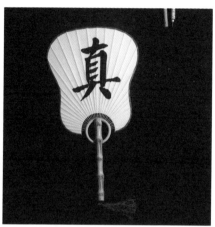

有风不动无风动，不动无风动有风。
纸扇不难得，大字也不难得，难得
的是写字和送扇子的心情。

陌生人的美意

再骁勇的人生也有踏空的一刻，好在宇宙仍有善意，有时候，这些礼物由陌生人负责送达。

英国宣布脱欧那天，我追尾了。而且，是一周之内的第二回。

那个下午，爆炸性头条给世界注入了英伦基因，而我正从城东够奔城西。天空飘过一阵细雨，定睛观瞧时，只见大朵白云滑行空中，太阳正扯开其中一片，把光束投向前风挡玻璃，一群细碎的水滴通透晶亮。这必然不是幻觉，不是因为我又想起多年前的那个初夏，我站在诺丁山街头，也刚刚淋过一场太阳雨……幻觉一经召唤，即刻出现：天上的云是马萨马拉河边的角马，长途奔袭，为丰美的水源和食物而来。角马之下，我正赶往首博，为一睹三千年前女英雄妇好的风采而去。

行云流水的行程在国贸桥下戛然而止。追尾。我没踩住刹车，而路有坡度。

"糟糕！"我心一沉，不觉叹气。开门下车，感觉如同待宰的羔羊。

保险杠有个凹痕，好像还掉了点漆。后排座上，两个人回头看我。

我忙不迭道歉，饱含诚意，绝口不提我的神思从英国飘到肯尼亚，绕了大半个地球，刚刚归位。司机是个小伙子，三十几岁模样，弯腰看看保险杠，又回头看我："人没事就好。走吧。"他的普通话里有轻巧的南方口音，言简意赅，和这样的大日子顶顶相配。

不过三天前，也在这里，我一人一骑，刚中了埋伏。我要突围而走，可惜无人接应。他们认不出常山赵子龙的反串模样——当然，这一遭我不用保护幼主，只要按时赶赴直播。我的白衣怒马还在，奈何长枪已入库封存，绝世的武艺也早就忘个干净。不过，箭在弦上，不得不发，我决意引马左突，杀出条血路。

旌旗招展，绣带飘扬，援兵迫近，战鼓隆隆。我有万丈雄心和黄金铠甲，只消略松缰绳，扬鞭跃马……

谁知，耳边"咚"一声闷响，我的马额头抵上了他的马臀尖。怒马瞬间石化，白衣人暗自咕哝："果然是久未跨马征战，大腿都长了赘肉。还有你这匹老马，原先怎没发现你是大奔儿头？！"

翻身下马，上前施礼，和颜悦色。只见这位将军与我年龄相仿，戴副眼镜，微蹙着两道无辜的眉毛。再看他的坐骑，马屁股上赫然一处新伤。我无心恋战，只将秘密任务和盘托出，恳求他放我一马，待我先去交差，再来负荆请罪，任凭处置。不想蹙眉将军听罢，略一思索，竟然拱手相送，完全不予追究。时间紧迫，不敢久留。我在马上深施一礼，绝尘而去。

一周之内两捉两放，好运傍身，我觉得我应该去买彩票。可转念想到这两把出格的坏手气，良驹挂彩，负负得正，我还是休得妄想了。戎马倥偬十余年的老将，居然马失前蹄，传扬出去简直是军中丑闻。

或者我已得到封赏：时光中恒有陌生人的美意，如久旱甘霖，他乡故知。其间有些面孔，总是难忘。

十余年前，我从英伦返京度假。深夜访友后驱车回家，途经三元桥时，一辆大货车正从另一方向直行而来。我放慢速度，预备避让——大块头有大力量，我深知马路上的硬道理。不想，大块头也慢了下来，最后索性停住。我侧目打量，高高的驾驶楼里，一个满面征尘的汉子正频频挥手，示意我先。我于是笑着招手，加大油门。冬夜里，货车司机那张模糊不清的笑脸，让我感动至今。每每想起他，我就揣摩，不知他在路上跑了多久，人在旅途，身体精神有多疲惫？他搭载满车的货物，过路过桥加油罚款，收入是否还可盈余？但他是绅士，即使落魄不堪。我觉得他骄傲而高贵，怀揣一颗简单通透的心。

在伦敦的地铁上，我似乎见过他的兄弟。非高峰时段，列车座椅上，一位工装沾满油漆涂料的人正摊开报纸，专注于招工启事栏，身材高大，面有倦容。我一边打量一边猜测，他到底是在失业之中领取救济，还是为挣钱养家寻找兼职？列车到站，乘客上下。

一位着考究套装的老太太立在门口，和友人聊天。他停止在报纸上逡巡，茫然抬起双眼，看到老妇人，随即触电般地站起来，头差一点触到顶上的扶手。他执意让座给她，带着疲惫而热诚的微笑。他们简短寒暄，笑容灿烂，旁观者的胸口燃起一团温暖的火焰。

有时，陌生人明火执仗，直入公堂，只为搭救在黑暗中踯躅不前的你。那晚餐厅饭菜丰盛，但我食不甘味：两个选项萦绕脑海，挥之不去。犹疑的时间不多，我需要尽快决定：主持人，做还是不做？做，意味着不辞辛苦，可能没有"前途"；不做，等于舍弃心爱之物，也许乐趣尽失。没有人替我作答。我们在餐桌前聊天，笑着敷衍，心不在焉。终于起身，我托着餐盘，走向水槽。一位师傅迎上前，要替我把餐具收纳归位，我不肯，都是自助，干吗要麻烦您呢，我自己来。无奈师傅坚持，我只得笑着让步。他接过盘子，一面将食物残渣倒掉，一面慢悠悠开口："主持人是无冕之王啊。"我怔在那里，动弹不得。所有的喧哗退潮，我被一道电光击中，心跳加速，脑中轰鸣。我很少来食堂用餐，这位老师傅更不认识。他正把盘碗归位，漫不经心，也不抬眼看我。

是谁在对我喊话？是否看我太过愚笨，他索性纡尊降贵，直接开口劝导？早已忘记"芝麻开门"的咒语，只知道在门前一味叩击叫喊，没想到他居然应答。大门洞开，我必须长驱直入，自己寻找宝藏。

梵高说这个世界只不过是幅尚未完成的习作。他说，当你面对着一幅已经被画坏的习作，而如果你又挺喜欢这位艺术家，你怎么办？你是不会去大肆指责的，你只是闭口不言。然而你有权利要求看到更好一些的东西。可是，这个世界或许不像他认为的那样，是神在逆境中匆忙拼凑起来的。恰恰相反，这位艺术家可能对正在发生的事情相当清醒。看起来不完善的生活，假若以某种特别的方式加以完善，则乐趣可能加倍。

那年五一，我把七天长假拿去西安消磨。扶风县城北的法门寺是行程中的必然。一座真正的千年古刹，如果从开始构建的东汉末年算起，历史已有一千七百多年。那年的法门寺还很清幽，步出大雄宝殿，时近正午，骄阳似火，我和好友站在树荫下狐疑地盯着那块"老虎石"：明明就是块普通石头啊，连嶙峋都称不上，旁边却立着"老虎石"的名牌。哪里像老虎了？它和老虎有什么关系？路过的老僧看着我们微笑。我们双手合十向师父请教，师父不说话，转身走了。不一会儿，他端着脸盆折返，将手里的一盆水兜头浇在石头上，示意我们过来，等等看。几分钟之后，果然有水印如一群嬉闹的老虎形状，朴质活泼，生动剽悍，一如汉唐的少年中国。

那个五月的正午，我独享了一块甜美糕点。老子说"天地不仁，以万物为刍狗"，宇宙惯于挥金如土，毫不在乎，却在此刻将深不可测的禀赋用于调教微不足道的我们，倾尽全力，一心不乱。于我，这是不寻常的经验。一两年后，故地重游，待向同行者指点，却见老虎石已被玻璃罩围合，老虎隐遁其中，不复浮现。

生活中时有机巧，美学设计繁复铺张，但世界的斑斓与蓬勃通常定格于某些频道，若你不肯搜索联结，则它的丰盛无从知晓。

宇宙的礼物常假陌生人之手随时送达，吉光片羽，不可辜负。

世界日益纷乱嘈杂，城市湿地和胡同载着我的记忆成片消失。我在轰然倒塌的时光里闪躲，不断寻找落脚之处，于寸土寸金的荒凉中不断辨识，寻获种子。再没有葡萄架或槐树荫可以乘凉，夏天，我在蒸腾的柏油路上，无处可逃。一个西瓜笑容可掬，咧嘴傻乐，俯视着我，露出红红的心。我们都在城市快速路上缓缓前行，我驾驶四驱的运动轿车，他卧在蒙着苫布的大货车上。我们的笑容都是用来掩盖伤口的，我们也一样脆弱。我们还因为伤口而变得特别以及醒目。伤口早晚都有，有时还不如做主动膨胀炸裂的那一个，然后斜睨着众生，傲慢地跨过大半座城。

所有这些美意，我通通笑纳。

我从城中来

你有没有这种时候：各种字符拥挤蹦跳在胸口，可就是无法让他们组成一列整齐的句子和文章。最近我经常如此，我给它命名为"感情充沛综合征"。这是一种季节性疾病，属于夏天。

走在路上，总觉得有一万种生命试图和你低语。我说试图，是因为，你总是会遗漏掉一些声音，而判断哪个声音更加重要往往并非你的所长。但沮丧不会持续很久，埋伏在街角的惊喜总会跳出来喊醒你。我们喜欢使用街道转角一类的隐喻，代表生活中突现的某些惊喜，但事实上，只有夏天，这事才有实现的可能。

雾霭缭绕的雨后午夜，水汽把路灯缠绕成一团橘子喷雾，这光景最适合一个从城东农家院饭桌上撤退下来的女中豪杰。我是一个现实主义者，但是理智经常翻越矮墙，和梦幻、感情一类纠缠在一起，弄得我还没做一件事，精神早已被脑中的电光火石消耗了大半。此刻，我的裙裾上除了烧烤的炭火气息就只有潮气，糅合了汗水和雨水的味道，但我却自觉是位刚刚班师回朝的将军，战袍上印满边关的征尘和散碎的月光。

细雨中，我们转过一个街口，倏忽之间，树影下一个灵巧的身形闪过。"黄大仙！"对于我的惊呼，身边的朋友只回以浅笑："有黄大仙，说明环境不错。"

这么平静啊……我不服气：这可是黄大仙啊！

在这样浓密黏腻得好像摩卡咖啡果冻的夜色里，哪还有比遇见一只纤巧的黄大仙更好的安排呢？我明明看见它溜到一辆敦实的越野车旁，腰肢一扭就窜上踏板，隐身在阴影里。我想叫，又忍住，盯着那片雾霭中的灯影，像身负重任的名侦探。一会儿，纤细灵巧的身影回到地面，即使在十米开外，我也分明地感觉到它举手投足间的妖媚——怪不得叫黄大仙。有人说《聊斋志异》里《捉狐》一章中迷惑孙老翁，被他捉住又逃脱的所谓狐狸，"物大如猫，黄毛而碧嘴"，明明就是被错认的黄大仙。

我感觉自己好像走神的书生，看见事关功名的书本就困乏，专门盯住一切幻化而来，不可言说，而稍不注意就会错过的花絮。我把这些通通当作老天爷悄悄藏好的微妙礼物，他又故意露出些马脚来，免得让愚钝的人们坐失良机，而我凭借一双并不十分灵巧的眼睛和一点点运气，恰好照单全收。

"世间所有的相遇都是久别重逢……"饭桌上的笑谈言犹在耳，这又是一遭遇见。

我极度讨厌酒饭应酬，却爱极了刚刚的一顿。酒菜虽然不精致，餐厅也闷热难耐，一只电风扇径直吹着，依然热汗涔涔，但就是畅快。我们用碰不出声音的纸杯干杯，为同一个星座，同一种血型，为一个好听故事，干杯干得不亦乐乎。那天，听了很多好听的故事。席间也只有纸杯是沉默的。其实，宴席中的我，往往如纸杯般沉默。我在一切的社交场合都显得笨拙，与人进行貌似有趣的无聊交谈，还要谈笑风生，实在力有不逮。但是，这场聚会没有陌生人。酒过三巡，好像渐渐显影了从前的故事。我们的故事应当从汉朝说起……

那座古城是怎么找到的？先得从建设新城的"古城村"开始说起。既然叫作"古城村"，那旁边大约挨着一座古代城址。史料里也说，西汉伊始，这里已有城池。可惜，岁月侵蚀，城墙是断然找不到了，就连砌墙的泥土尘埃都不知所踪。唯有用上间隔一米的地毯式勘探这个笨办法了。各行各业都有能工巧匠，这考古勘探里，探工不靠职称考试，靠的是经年累月的积累——见过摸过找到过也琢磨过。据说找城墙的时候，东、西、南三面都先后找到了，但北墙和西南城角一时找不到：不合围，焉能成城？再着急的人也毛躁不得，只能抄起探铲，重下地，再勘探。老乡们倒是不恼，只叮嘱这些灰头土脸，衣着模样和乡亲们并无二致的考古队员："你们的杆子戳的时候小心些，别把俺家的树弄坏了。这些树，还没赔过哩！"如果地下有文物埋藏，地面上的作物就要作价赔钱，以免让老乡承受损失，这是国家政策。

"这树，啥时候种的？"

"刚种的，一直没长好……"

一直没长好？树的坏消息，可能是古城的好消息——经常翻动的松软肥沃的土壤才会生出枝繁叶茂的植物。那些长势不旺的树们，已经在尽力诉说大新闻。枝桠无言，只能借老乡之口喧哗了出来。树林里果然探到了北城墙的夯土——北城墙在一个甲子前尚存于地表，地下的墙基更加不可能被扰动。一片虚掩的新树林不过是最近的事情，墙基累然其下，树怎么可能长得好呢？

还有那个西南城角，就在昨天，考古队员十点多到了工地，远远就见几位老探工拿着树枝跑来跑去。

"不会是……已经找到了吧？"

"对啊，找到了。"

你看，就是这么简单。

幸福来得这样容易。整座城从历史的烟幕中重新浮现，所有的尘埃和碎片，瞬间从田野中腾起，一一拼凑联结，两千年来的历史如狂风扑面，耳边钟磬回响。

我不能全然理解他们的狂喜，但我已被狂喜包围和淹没，然后兀自在欢乐的海洋中漂浮，在院落里，灯泡下，脸上挂着拔丝苹果般焦糖色的黏答答的笑容。我甚至无法拒绝送到眼前的肉串，虽然彼时我正茹素。你无法想象鏖战之后的庆功宴上，一个远道而来凑趣助兴的人怎能扫兴？那些黝黑皮肤的农民大叔，在同样黝黑的青年考古队员的带领下，到我们的桌前敬酒。眼睛里不见狡黠，只有淳朴憨厚，脸上带着一种干了这杯酒，此生必然受到老天厚待的豪迈气概。畅快淋漓，又恍若梦中。

我是孩子，在悠长宏大的历史叙事中尤其如此。"餐厅"联通仓库，置物架上层层叠叠堆放的全是文物。它们穿越时光而来，与汉代的地层和墓葬一起，如如不动，静默千年，此刻却在潮湿溽热的暑气中醒转来，成为活生生的新鲜文物。我自觉面对着一股奇怪而强劲的生命力，不由瞪大眼睛，屏住呼吸，俯身端详。

"我可以……摸摸它们吗？"

好友兼历史导师在一边点头微笑。我受到鼓励，从架子上拿下一只陶土的鸡，再一只陶土的猪，还有一只陶土小狗，形状仿佛腊肠犬。仿佛和公元前的灵魂握手，我热泪盈眶。想象当年也有如我一般的女人，粗布衣衫，日出而作，日落而息，小巷柴扉，鸡犬相闻。到底是什么人最早以陶土制作出他们饲养照料的家禽家畜的模样呢？是否这样就可以让灵魂继续枕着尘世的热闹安睡？

手边的塑料袋子里装着一把圆细的小棍。攥着一把小棍子的我退回幼稚园：这是干吗用的？这个啊……大概是古代占卜用的。哦？占星师的灵魂迅速挺身而出，在心里向领域内的前辈脱帽致敬。这是个意外，还是巧合？一个"实习占星师"和古代卜筮工具的相遇。我仿佛在一众人中被它选择，小棍子以古老和神秘的目光凝视我，我则兴奋地将小棍托在掌中，拍照留念。不知千年以前，它曾被谁握在掌心？那只手有我的手大吗？粗糙些还是更细腻？那些坛坛罐罐，曾经盛放宴饮的欢愉吗，还是只用来料理庸常的食物？我在时间隧道光影中流连忘返，而那些年曾见的博物馆展柜中的陈列，连同霍去病墓前古朴的石刻雕像，以及茂陵的青山绿树，一同在脑中闪回。"延元万年""利昌未央"的瓦当在夕阳下灼灼光华。

那时，长安城是真纯质朴的贵族少年，而北京——或是潞城——则是狂野不羁的边疆孩童。

据说当年东汉光武帝刘秀起事时，曾经得到彭宠的帮助。然而，刘秀登基之后，却没给彭宠什么好处，只封了他个渔阳太守。彭宠一气之下，在公元26年率军造反，攻城略地，自立为燕王。刘秀气急，派遣游击将军邓隆前去讨伐，双方就在潞县激战，一时之间僵持不下。当年的城池四面环水，易守难攻。彭宠洋洋得意，完全不把邓隆放在眼里。孰料彭宠的仆人趁他午睡的时候把他杀死，并且取下首级，投奔了刘秀。第二天，彭宠的部下见主帅身首异处，整支队伍瞬间土崩瓦解，潞县城池的荣光随即戛然而止。

井灶耶复移，江山依旧碧。今天我们觥筹交错的农家院落，就是当年刀光剑影，大兵驻扎合围的营寨，说不定。

午夜过后，雨渐小，云层融解成一片迷蒙。热气笼罩着渐冷的酒菜，队员们醉眼蒙眬，睡倒一半，谈兴最浓的长者也要起身回城了，因为明早还有工作，而约好的车早已经等在泥泞的村路边。午夜的破旧面包车上最适于温习惊悚而不乏幽默的考古花絮，比如，如何在经费不济的情况下，租用老乡的车子运送文物，从现场到仓库，一路上必须精巧地躲避交警的盘查：你如何向执行公务的警官解释清楚，这车上的一堆骸骨，和其他破旧不堪的物件一样，来自历史久远的古墓，而非某个不可言说的凶案现场？笑声和惊诧的叹息好像汽车拖挂的彩带和气球，一路摇曳飘散着，回到城中。

我有一柄蓝色的全自动折叠雨伞，这把当天酒席间最清秀的伞被好友硬塞给我。现在，那伞就放在玄关，一只玻璃桶里。进出家门时的一瞥，总让我想起那个诡谲而欢喜的雨夜，它几乎使得我的整个夏天变得纷繁浮夸。

所有的景物和思绪仍然被老天揉成一团，然后自由随意地丢向我。我的心有时躲闪，有时顺势分成两路，追随不同的目标而去。在夏天，我不思考，只感受，我不假思索，所有的光影线索一概接收，还是来不及。我不分辨，哪一道闪电是最美的，但心好像一只非洲鼓，在隆隆的雷声之后，仍然震颤不已。

空气里滚动着活泼泼的生命能量，我从城中而来，一路走着，空着双手，不费吹灰之力，满载而归。

花园奇遇

今天中午，我刚刚扫除了一张蜘蛛网。粘网韧性十足地裹住我的手杖。那是一只野心勃勃的蜘蛛界新人，他的作品足够网住一只麻雀。

当时，我正低头从石榴树撑开的大伞下走过，一边警觉地扫视藤萝架的角落，那里一直有面蜘蛛网，但无伤大雅。但今天，蛛网的版图严重扩张，赫然拦在了我和花园木门之间。我想低头绕开，以免枉费这位缀网劳蛛的辛勤工作，但耳边警钟长鸣：蜘蛛最可恶，都是阴谋家——我知道老爸是绝不会放过它的，我爸认定蜘蛛们在暗处结网的行为一点都不磊落，因而对它们不存丝毫同情，假若哪天被我爸撞见，蜘蛛网必被捣毁无疑。

我挑开这张蛛网碍事的右半边，算是善意的提点。

夏至之后，每一个日子都狂野而新鲜。你丝毫不用担心这个古老的世界停止更新，地球不会使用昨天或上周用过的阳光温度湿度乃至气息来应付你，每一天都是崭新的，即用即抛。大自然用一次性的天气来证明它的富有和铺张，世界越发杂乱起来，至少我的花园是这样，蜘蛛网几何级的扩张就是征兆之一。地上的野草似乎也服用了某种致幻剂，坚持认为自己是白杨云杉，至少也是一棵高粱或玉米，于是每一天都在向上拔节挺进，直到某场暴雨之后，倒伏下来，横躺在小径上。小区里的蜀葵家族远近生根，常于一大片狗尾草中挺身而出，顶着无中生有的几朵妖媚奇葩，行状和作风均十分可疑。院子里的窄路每天仍被挤压。我修枝剪叶的计划索性搁置，倒要看看这堆野草会跋扈成什么样子。还有一层恻隐之心偷偷发酵：昔日拔草时，曾见菁草茂密发达的根系内被洞开的蚁穴，心有不忍，权且在暑假放他们一马。

门口的紫玉兰在春天的大鸣大放之后，又于绿叶中结出了不少花苞。被我发现时，它们已经不是"木笔"，而是绿叶间的紫碗。第二次怒放，有什么特别的原因？还是仅仅因为精力过剩？或者希望给绝望的我以某种希望，哪怕是困惑？

我的注意力会被夏天轻易分散，书桌前的窗玻璃上，此刻正凝结着一只蜗牛。夏天的雨季，蜗牛是最令人心碎的物种。夜雨过后，我们在从客厅走向花园的木甲板上听到鞋底薄薄的甲壳碎裂的声音，寂静的午夜，这声音仿佛能刺破弥漫的雾气，尖锐忧伤。想起猫头鹰在杭州出差的某次，特意发来视频：雨中，有个大蜗牛在小径的中央悠然行走，全然不知自己身处险境。"我把它弄起来，挪到路边的草丛去了……"猫头鹰说。"你也不问问它要去哪儿，人家可能费了好大劲儿想过个马路，一下又被你搬回去了。"我打趣，心下温暖释然。

日光之下，我也能尽力保全蜗牛家族，甚至还能带它们中的一两只长途旅行。

放在花园的手杖，在一场豪雨之后，长出蜗牛。带金毛宝贝散步时，手杖是不可少的随身物件，一来扫除竹林间清静小径的蛛网，二来可以够出滚到车底的网球。散步伊始，我即发现了正在手杖腕带处缓慢潜行的它。对视片刻之后，我决定邀请它成为旅伴：欢迎搭乘手杖号豪华游轮，蜗牛先生，我们就要启航了。它是在太平洋上航行的巨轮，而我是太阳系那颗蔚蓝色的星球，以每秒30千米的速度公转。半小时后，我们回到花园，手杖回到藤萝架下的墙角。蜗牛先生没有晕船，不知道会不会在它的朋友圈中炫耀这次走马观花的长途旅行。

据说满月会放大江河的潮汐和人类的情绪。所以，西方有吸血鬼和狼人的故事，东方的鬼怪狐仙也常与月亮有关。再后来，科学竟然证明了月圆之夜诡谲感觉的某种合理性，比如，满月前后飞机失事的概率，某些类型犯罪率的上升，等等。所以，月亮并不只是看起来更大更圆了？它的力量和它的表面积，是成正比吗？

近年来的月圆之夜，我几乎都在遛狗……当然，除了极特殊的少数日子，我的每一天都是这样度过的。

有年中秋，整座城市在雨后陷入了真正的秋寒和彻底的拥堵之中。我记得那一天，并非是因为参加了一场啼笑皆非的诗会，而是由于遛狗……巨蟹座金毛君刘淇淇每逢月圆之夜，都格外剽悍，同时敏锐异常。那天的夜路，循着他的视线，我发现了一只怪物。小区里的刺猬不少，还有黄鼠狼，但他定定望着的……是只什么爬行动物？怪物快速移动，以一种奇特的步伐……定睛观瞧，原来是只中华绒螯蟹。它身上似乎散发着越狱成功的狂喜，一溜烟地逃向它心中的桃花源。

　　你见过小鸟的午餐么？早春，大风挥着扫帚把所有的云彩都扫净，阳光透过玻璃门上的春联把红颜色印在脸上，眼睛却被越过前排屋顶投过来的一束光晃得睁不开，我知道，又是一个干燥而晴朗的日子。一个可以带着黄金猎犬悠然踩遍花园小径的日子。因为冷，推着孩子散步的人很少，老人们也要睡过午觉才出来晒太阳。于是，整座花园，偷偷被我们划归私有。

　　春天冒头之前，小区越发弥漫一股荒原气质。工友们回家过年还没回来，各户加盖的"炮楼"和开挖的地下室悉数停工，小区里最吵的就是各种雀鸟了。每一处开阔地带，都能听见它们的喊叫。好像是在争执，为某个久拖未决的议题。干涸的水塘旁边，立着一处繁忙的会议室。光秃秃的乔木，干枯的枝桠上结满毛茸茸的麻雀，二三十位客官，灵动地站了一树，争吵，蹦跳，面红耳赤，各不相让，谁也无法说服谁。我站在那里，惊呆了。灰喜鹊们三五成群从眼前掠过，大概另一处会议刚刚散场。柳莺的叫声清脆，婉转的大嗓门独唱一首悠扬的歌，我猜，那是年前刚刚落户的黑丑歌唱家八哥——他独特的声线，令人过耳难忘。

那一瞬,我觉得自己非常幸运,经过秘密闸门,闯入"议会大厅",一位彻头彻尾的不速之客,竟然没有被驱逐,而且获准旁听——我相当识趣,只聆听不发言,更不能打断,一切客随主便——有了这样良好的记录,是否下次还能受邀莅临?

真挚比技巧更动人,所以,鸟总比人唱得好。

认真说起来,我和小区里的两位歌者最为相熟。

晨光熹微,他的演唱会又开始了。他,是一只白头鹎。我直呼他的雅号:大嗓门儿。这名字是我在连续三天聆听了他的演唱会后的倾情赠予,他完全当之无愧。我晚睡,他早起,我们的白天无缝接驳。去年,欧洲杯激战正酣,我拖着熬至凌晨的疲惫身躯回到卧室,沉重着眼皮,刚要睡去,极其不凑巧地,他起床了。我抓起床头的表,狠狠地盯了一眼:4:35。你想睡吗?对不起,先听完第一幕再说。男高音不由分说地放声高歌让人气恼不得,吵,然而确实好听。他的幕间休息,通常是五点之后的事了。他住在隔壁邻居院子里,树屋,西府海棠,年代久远,根深叶茂,枝桠伸到了我家庭院。白头鹎老兄的起居室应该也在二楼,和我的卧室齐平,所以,每每他的演唱,总是悉数从窗户传来。我不知怎么买到了最好位置的包厢票,每天听免费的歌剧,还不知足。

这个春天,他又回来了。开始,我只觉得那是一只白头鹎,后来,我确信那是他。他的声线我知道,那么嘹亮,那么骄傲,还有些花哨。还是去年那座舞台,似曾相识鸟归来。我坐在庭院里,忽然一片沉重的大树叶从柿子树上坠落,原来一只灰喜鹊停在对面的栏杆上。

他歪头打量我一下，又飞上山楂树。而旁边的海棠枝桠里，白头鹎正把院落唱成森林。

另外一位歌者，声线美妙，但面孔黑丑，周身漆黑一团。我知道他绝非乌鸦，但实在是太像了，除了他在前额生有长而竖直的羽簇，有如冠状，实在特别。初相识后，我总在中午前后去歌唱家惯常落脚的那栋小楼附近散步，带着金毛宝贝，暗暗期待偶遇。

他舒展身体，从我面前滑翔而过，见他两侧翅膀下各有一块白斑，我才恍然大悟——所以，他并不是会口技的乌鸦，而是真正的八哥喽！

八哥家族和斑鸠家族在小区里互相交好，鸟丁兴旺。杏花开时，我在微微染绿的枯黄草地上见到幼小的它们混杂在一起，十几二十只灰色的小秃鸟，还有十几二十只黑色的小秃鸟，欢快地聚在地上觅食，或许还有低声的交谈和小小的游戏……我静静地从两大家族的继承人身边走过，金毛女生也步履舒缓，沉静不语。但还是被什么惊扰了，公子小姐们纷纷起身，打道回府。惊惶中竟也不忘各自班师，斑鸠幼子们呼啦啦飞上左边树枝，八哥幼子们扑棱棱立在右边梢头。在倒春寒冷得几乎令人绝望的春天，它们成为我心头最活泼的慰藉。

森严的春天在螳螂卵鞘解锁的时节彻底宣告结束。某个黄昏的游戏时间，我在 Happy 的前爪边看到一只褐色的小螳螂，它愣了会神儿，假装一节细小草棍，然后飞快地逃走。我的自然学知识又有长进，原来枯草一般颜色的螳螂从小就是如此，并非像我们的头发，是在中年以后渐渐失去鲜艳色泽的。我曾在去年的初夏搭载一只鲜绿色的小螳螂进城。我和它同处一室，因而身体僵硬——僵硬的是我，虽然它的规模在我尚可容忍的范围，但我还是禁不住肌肉痉挛。它从我家上车，搭便车一路疾驰到建外大街。不知它是否满意这个目的地，但我无法征询意见，我喊住在停车场遇见的第一位男同事，用丢在车里的购物小票搭舷梯，把它请到了车外的绿地上。

夏天还不只是螳螂们四散而出。

一夜雨之后的中午，太阳露面，积水迅速蒸发，空气中弥漫着一股小时候北京夏天的味道。我在池边看见一只水蓝色的蜻蜓。它就停在池底一个喷灌龙头上。绘着白云的画布被扯上了天空作为背景，替换掉前日奇幻黑暗的一幅。白头鹎又开始站在海棠树上唱歌。夜里，赶在小雨的间隙遛狗，撞见草地上白大仙正欢脱地跑出来觅食。蜗牛是它们的夜宵吗？还有蚯蚓？大刺猬完全没有注意到在一旁俯身定睛观瞧的我们，只自顾自地流连在它的菜市场。

小区的另外一处，两只白大仙正在灌木围成的草地上幽会。我不是故意打扰，我实在是看得兴奋，眼睛比绿篱边上的地灯还亮："白大仙！"我喊，好像邂逅偶像的粉丝，"白大仙，哎，白大仙你别跑啊……"我的虔诚在于惯会在和金毛姑娘散步时特意绕路探望，终于在某个燠热的午夜巧遇了守灯待餐的白大仙。不知道这是代代相传的生存本能还是某天灵光乍现的智慧结晶。

倏忽之间我了然一切：那天晚上，白大仙不过是把心爱的姑娘带到最中意的餐厅，一场约会而已。

人对季节的变化非常敏感。这不只是梵高的看法，也不只是画家们才有敏感的资格。在繁盛的夏天，生命的密度骤然增加，而我几乎变得透明，或者像玻璃一样反着光——这并非危言耸听，几次有小鸟对我直冲过来，几乎撞到我的脸，距鼻尖不过一尺之遥，我不明白这样的威胁有什么道理。

你曾经看见过向你直冲而来的小型螺旋桨飞机吗？正对着你的脸，几乎和你的眼睛齐平，它先是俯冲然后直直地对着你，就那样飞过来，当你以为相撞在所难免时，它就那样倏地一下，从你左耳边滑过，飞向一片竹林。即便对于鸟儿的飞翔早已习以为常，一架轰鸣而至的小型螺旋桨飞机，仍然会让你心脏狂跳。摄影师抓拍的小光圈高速摄影，竟然就这样在你的面前悠然而过，展览得那样漫不经心，好像一个同事，在办公室走廊冲你招招手：富春山居图，要不要来看一眼？与麻雀错身的那一秒钟漫长轰鸣，带着隆隆的引擎声响还有风声，可是，周遭仿佛又忽然寂静下来。这难道不是某种神迹？在某个燥热却荒凉的夏日午后，小区一隅，只有我和黄金猎犬，还有那只不知所踪的壮硕麻雀。它向我耳语：飞翔在这古老的星球上仍然是种奇迹，而不是无所谓的陈腐技巧。

白露到秋分前后，是启用耳朵的最好时节。某个清朗的午后，风起时，闭上眼睛，去听植物打击乐团的合奏。你去分辨不同的树在风中奏出的不同声响和节拍，然后选择你最爱的声部。银杏和合欢的声音生动活泼，松树真如海涛般动人，不过细碎幽微一些。但我最喜欢的不是这些，为了那个不同凡响的声部，我特意穿过竹林的拱门，绕过一段爬满青苔的曲折小路，走到跟前去拍那棵树的大头照。它是构树，属桑科。百科词条里这样说：构树外貌虽较粗野，但枝叶茂密且有抗性、生长快、繁殖容易等许多优点，果实酸甜，可食用。构树是城乡绿化的重要树种，尤其适合用作矿区及荒山坡地绿化，亦可选做庭荫树及防护林用。可是，它明明是一棵很好听的树，居然没人发现吗？而它落户庭院的身世，终究是个谜——想象某个秋天，酸甜的果实被鸟儿吃掉，鸟儿在迁徙的路上又把粪便排在这里，某个春天的雨后，在这片土地里，小小的种子冒出嫩芽，一场盛大的打击乐演奏会正在漫长的秘密筹备之中。

为了那一刻的丰盛，整座花园，整个自然，乃至整个宇宙，时时不停酝酿，所有美好的瞬间稍纵即逝，来去如风。

流星雨是严冬最丰盛的礼包。虽然我们知道每天宇宙中都有无休止的爆发、新生和结束，有数以万计的陨星画着弧线飞向地球，但那只是知识，不是印象。我们只能赞叹那些看到的，流星。它们不如焰火绚烂，但远比焰火奢靡。某年，流星雨降临，我看得入神，不觉一脚踩空，从门口的木甲板上跌落下来，坐在冰冷的地上。幸好冬夜极寒，我躲在羽绒衣裤的温柔怀抱里，疼痛之后倒不见伤口，只留下一块浅浅的瘀青。那是一场绵密的双子座流星雨，在晴朗冷冽的无月夜，一切条件都最适宜，我们于是特意来到院子里，裹紧衣裳，恭候盛大的流星雨。就那么仰着脸，等。

那夜，我们数到了一打流星，有的许愿，有的忘了，因为它的爆发和消逝都实在迅疾，让人猝不及防。但那天我着魔一般地盯着，终于发现个中规律——大部分耀亮的陨星，拖着冒火的尾巴，都在东南方向的天空坠落下来。散落的星尘在楼顶、树丛、草地，还有柏油路面。而坡道尽头，我深深地知道，我家那棵八棱海棠树，早被流星雨浇灌了好几遍，浑身湿透。那树移栽不过两年，生长一直不旺。我坚信它今年定然叶茂花繁。不过，我决定咬紧牙关，绝口不提。我保守这个我和流星雨的小秘密，直到来年冬至，我们家酿海棠酒启封。猫头鹰和园丁们都错愕，施肥了？没有啊。那，今年怎么一下结了这么多果啊？！我暗笑：当然，这可是被宇宙施过魔法的海棠树啊……

农历十五前后的某天，午夜，我见微缺一沿的月亮高悬空中，其实，更像是一只极致明亮清冷的银盘，搁在沙滩上，有个边，隐没在细沙里。不过，想象沙滩和大海在头顶上多少有些狂乱，也许，更像一块奥利奥饼干，被我放在牛奶里，用古董相机定格，然后冲印，在成为照片之前，底片就是这样。

午夜，小区里响起尖声惊叫，就在我家门口……没错，就是我。我在栓门时和壁虎君狭路相逢。我是一个假的动物爱好者。它们常常令我惊慌失措，丑态百出。我的爱是远远地看着你，带着我满心满意的祝福。所以，你能离我稍微远一点儿吗？

我们不忍伤害任何一个小家伙。包括那只从花园钻进客厅，又逆流而上，直奔二楼卧室的壁虎君。也包括眼前这张浩大蛛网的主人。

第二天中午，我困惑地站在网前，感觉时光倒流，而我又回到昨天——虽然主人不在，但显然，它相当坚持而高效啊。我有一瞬间的犹疑，随即还是挑开了右边拦路的半张网。第三天午后，我愉快地看到我的建议终被采纳，蜘蛛大人将它的巨网向左位移，结在了藤萝架的一角，顺便把我从托斯卡纳带回的瓷制马蹄铁纳进它的领地。第四天我见到了它本人——或许它想打个招呼，但我还是聪明而不失礼貌地绕道而行，慌乱磕绊之中，手杖也丢在了门口……

午后初晴，一只蜻蜓盘旋在 Happy 毛茸茸的脑袋顶，金毛女生呆萌着一张脸，对头上一尺那个金色的祝福无动于衷。因为不自知，所以更美好。

墙角的小猫晒饱了太阳，悠闲起来，穿越它的丛林。

是的，正如亚历山大·蒲柏所说，整个自然都是你所不知的艺术，一切机缘都是你没看清的潮流；一切失调都是你所不解的融洽，一切局部的祸患都是总体上的造化。

生活里的奇幻美好不断上演，如果我们能够在场，并且看到，无疑是种幸运。

不用上班的下午

　　看侦探小说的时候，你们会为次要人物的语言拍手叫绝么？我会的。而且我深深地知道，这正是我喜欢阿加莎·克里斯蒂小说的原因。我喜欢的小说人物之一是德斯帕少校。他来自《底牌》，《底牌》的主角是波洛。德斯帕是一个喜欢在荒野中流浪，喜欢非洲草原的英国人。波洛说他走路的样子像老虎，身手敏捷，行动自如。

　　小说的一开始，晚宴的男主人就被谋杀了。凶手只可能是屋子里四个人中的一个。德斯帕作为在场的嫌疑人之一接受警司的讯问。

　　贝特警司：你有没有什么不喜欢夏塔纳先生的理由？

　　德斯帕少校：不管出于何种理由，我都不喜欢他。

　　贝特警司：哦？

　　德斯帕：有不喜欢他的理由……但并不是要杀他的理由。我一点儿都不想杀他，但要是能好好地踹他几脚倒是不错。真遗憾，现在太晚了。

贝特警司：但你还是接受邀请，来参加他举办的宴会。

德斯帕：要是我只去我所喜欢的人家里吃饭的话，那我恐怕就没法出去吃饭了，贝特警司。

德斯帕少校说：我某段时间可能喜欢社交，但持续时间不长。当我从荒郊野外回来，来到灯火通明的房间，女人们穿着漂亮的服装，还可以跳舞、吃好吃的，可以开怀大笑——不错，我喜欢——某段时间。但很快，其中的虚情假意就会让我觉得恶心，我又想离开了。

猜对了，这就是我喜欢他的原因。像喜欢一个从未谋面却心意相通的老朋友。

即使是在读小说的时候，我也想穿过纸页，和德斯帕少校握握手。我想我的意念已经屡次这样做了。当通过阅读找到和自己怀着同样想法的人，并且看他在书中说出了同样的心声，而这心声在过往的几十年内已经被翻译成百余种文字，卖掉了无法计数的册数，这个阅读的下午，甚至比和朋友在咖啡馆的欢聚更加令人愉快。

事实上，我的下午是这样度过的：除了阅读，我还牵着需要瘦身的金毛女生 Happy 在小区里散步，我们走走停停，蹓跶了四十分钟。她用鼻子发现小区的细节，我用眼睛和耳朵。

两点半钟，骄阳似火，整个小区进入了安睡模式，只有热风偶尔"凛冽"地扫过。这样静谧的午后，走在小区的浓荫下，我觉得我 9 岁，是当年那个在实验一小中院悄声玩耍的小学生。Happy 在杂草丛中探寻着她心中的宝贝，好奇的样子也好像我的小时候，那一年，我 5 岁。会为了一个掉落在废弃阳台的金色盒子和小伙伴商讨如何翻墙。

我们默默走着。被银杏树冠筛过的阳光漏在地上，模糊的影子即使仔细分辨，也看不出来扇形的样子。碧蓝的天空里，一架银色的客机平缓移过，更显得夏日的冗长宁静。灰喜鹊在眼前掠过，飞出一条和客机相仿的航线，直直的，从这棵树，到那棵树。微风摇动风铃，从头顶飘下一串轻响。两栋楼间的阴凉地，风显得更大了些，Happy 发现这片阴影，旋即欢快地奔过来。

小区中心，人声寂静，鸟声越发喧闹。我发现水系里的金鱼小到和水池以及池底的卵石极不相称，但总算是让一汪飘着柳絮和杨花的青绿色池水灵动了起来。新搬来的住户在赶工装修，施工的巨大声响貌似对狗狗丝毫不构成困扰；隔壁的长条凳上那个翻身睡去的工人，Happy 也视若无物。对于专注用鼻子感知小区乃至整个世界的狗狗来说，耳朵接收到的讯息，或许都是冗余的。几只麻雀在工地旁折断的松树上蹦跳着，好像在 18 世纪欧洲贵妇的裙摆褶皱里捉迷藏。

走过喷水池，散步就要进入尾声了。Happy 习惯在第四排房子那里折返，我喜欢走第三排。因为沿小径多走几步，就能穿过两棵枝繁叶茂的桑树。此时桑树果实累累，缀满桑葚的树杈在空中搭成一道拱门。成熟的浆果散落一地，若你侧耳，还能听到偶尔坠落的浆果敲打木甲板的轻响，而土地上斑斑驳驳的紫色，正散发着属于夏天和童话的不可言明的诡异甜蜜……

如果天气不太闷热，我们还可以坐在树荫下的长椅上小憩。斑鸠咕咕咕的叫声让我想起微风吹过长满蒲公英的田野，而白头鹎的彼此唱和更像是船工的对歌，那只大斑啄木鸟就住在这片小树林。即使艳阳高照，我们也可以躲在阴凉的树荫底下，就像小区里的猫咪们经常做的那样。我喜欢心安理得地发呆，反正，不用上班的下午，有的是时间。

暑假安住心中

暑假是什么样子的？离开校园已久的人以此自问时，最好钻出写字楼冷气大开的房间，走出大厦，而且顶好是到草木茂盛的地方，哪怕片刻。当成千上万的热浪分子，以一种所向无敌的姿态从你面前翻腾而来时，你将发觉，那颗被琐碎的俗物捆绑得紧绷焦灼的心，忽然之间放松下来，乃至，心花怒放。你接收到的一定不只是北方伏天特有的滚烫狂野的热力，还有一种来自假期的暗示：你会觉得，在令人无力抵挡，只想乖乖缴械的热浪中，世界，竟然开始变得美好。当你不在冷气房间西装革履，而把自己坦然交付户外阳光，让老天主宰一切的时候，你蓦然发现，自己变得懒洋洋的，而进取心在被阳光软化。脑海中也旋即浮起一个念头：即使不在学堂，长夏，不就是天赐的假期吗？而在起心动念的当下，你即瞬间穿越，变成 7 岁的孩子，抑或 17 岁的少年。然后，你觉得自己是一朵不退的浪花，仍然被环抱在青春的海洋里。即使此时心灵安住在 25 岁，

35 岁，甚或 45 岁的身躯里，又如何呢？

仲夏的蝉声，把午后的时光叫得燠热悠长。这个时间实在使人困乏。在小学，暑假之前的学期尾声，即使是最捣蛋的男生，也只在午休之后，在树荫和水池周围，施展他们的诡计，当被识破，再小规模地弥漫起一波战事。混战在盛夏的阳光和预备铃的夹击声中是持续不了多久的，有时也难分胜负。衣服上的水渍和忿忿不平的眼神就是告密者，班主任目光略一逡巡，便已了然于心。罚作值日一类的小小惩戒是躲不过的。小规模水仗总是会被暑假终结，那些屡屡藏匿不严而被老师没收的水枪则会在放假前的最后一天统一发还。当然，一同发下来的还有成绩单和操行评语。每当此时，水枪混战中的骁勇战将往往神气不再，做垂头丧气状。虽然，他们总会在放学铃响后即刻原地满血复活。

假期，也不过是生活的一部分。

但与寒假相比，暑假总是特别令人期待。那种魔幻般的精彩真正值得用压岁钱去兑换。但没有人肯和我做这单交易：用 100 元加一个寒假，交换暑假。暑假的昂贵价值，如果你没有在夏天的河边轻轻吸着气，赞叹地观察过停在草尖的刚由水虿变身而来的幼年蜻蜓，看它们的透亮翅膀在阳光下流光溢彩，你就不会懂得。即使有整本厚厚的假期作业，还有不少的习题和作文要写，但还是有跳脱在老师和家长监管之外的大把时光，可以游泳，可以划船，或在八一湖畔嗅着水草的气息，喝着橘子汽水，和要好的同学一起发呆、探险，抑或去实现积攒了一学期的那些脑洞大开的主意。

在通讯尚不发达时，暑假竟然悠长到禁得起闺蜜间的几度鱼雁传书……唯其绵长缓慢，才能成全小女生心中的浪漫。

也有人说夏天实则是性子最急的管家，午后的雷响，是她按捺不住的一通脾气。未及几番雷声催促，急雨的长鞭便会横扫过来。北方的夏日，暴雨总是雷霆万钧，势如破竹，那份慨然气势像在宣誓，嘹亮地说暑天当然是个丰沛的季节。急雨过后，水没脚踝是常有的事儿，雨靴反倒累赘，不如趿着塑料凉鞋，索性一路蹚过去，到终点再找个水龙头，拧开，把腿脚冲净。年轻，就可以这样无忧无虑，无拘无束，让每一场突如其来的雷雨，成为暑热的花絮。

童稚时的暑假，往往沸腾拥挤而又无比寂寞。亲戚返京后，欢声笑语装满了奶奶家的院子，枝繁叶茂的葡萄藤间却仍缠绕着一簇永不会被风卷走的小小寂寞。买来借来的故事书，如何能解释对未来无尽的期待：当我长大，我会是多高的身量，什么样的脸庞，住在哪里，做什么工作，又有怎样的爱人？

时光不疾不徐，只在它愿意时，告诉你答案。现时的北京喧嚣而空旷，河流铺成道路，田野盖起高楼。记忆中的野趣若非夷为平地，也早已成为市中心楼宇间的笑话。幼年玉渊潭畔那些闪闪发亮的暑假，我再也没有去凭吊过。见过的，无须解释，没见过的，解释不清。重新规划的不仅是土地和城市，故乡只在梦中同我耳语。于是只能执笔，在深夜咖啡于杯底渐冷时，轻轻喟叹：岁月，原来曾经如此丰饶，一望无际。或许，一切回忆温柔静好，在生命的某个时空，往昔的风土，一切的人物，都还活着……

　　暑假，往往和伏天同步，代表着一个季节——长夏的开始。它不仅仅属于学生，它还属于每一个在记忆中愿意让它温柔存续的人。

　　无论在土地里耕耘农事，还是在商场上杀伐征逐，人生的事情总是一件又一件迎面而来，像耸动的浪潮，一波未平一波又起，永无休止。滔滔逝水处，多少人，就这样把一辈子放在里头。所以，何不给自己放个假呢，就在此时。

　　长夏少人事，官闲帘户深。此时，即使处事极尽机巧玲珑之人，也可以暂且收拾了武艺，安顿下来。让我们无论长幼，只准备一份松松垮垮的心情，想醉便醉一回，想睡就睡一会儿。既不招惹，也不构陷。如是，我们和暑假，和人生，便没有互相辜负。

城市流浪者

猫头鹰先生驾车从环路拐进一条小道时，风也正从地上卷起一团塑料袋。我们的车穿行在城市的夜色里，忽然一脚急刹，我知道，他定然把路上翻滚的物件错认成了流浪的小猫小狗。其实，就在刚刚，我也着实暗暗捏了把冷汗。

往昔的经历难免造成我们的过度警惕。

猫头鹰亲历的故事就在不久前的夜晚。临近高速路起点处，两只结伴而行的流浪狗出现在夜色中。他们犹豫着想上高速，打头的那个已经把前爪伸进去。此时，汽车疾驰而过，他受到惊吓，跳了回来。两个小小的身影站在路边，踌躇不前。那个心急如焚的夜归人此时正埋头车里，翻箱倒柜找东西：下酒的日本奶酪条，或者家里的狗狗零食，万一有个把日常的漏网之鱼，不正好可以款待两位壮士，以让他们悬崖勒马吗？我能想象那副焦灼而又气急败坏的面貌——前日我刚刚从他的车里清理掉一整理箱外加一手提袋的杂物，我也颇能理解他那晚宛若密林搜山般的寻找，狼狈不堪简直是其时的唯一可能。

"终于，我找到一盒牛奶。"峰回路转，我能感到故事讲述人的一丝得意，一副重担从心头卸下，我也偷偷舒口气。

"可是，我找不到容器……"

听众的心又悬起来，好像三国的评书说到了千里走单骑，即使一切的情节人物早已板上钉钉，你还是不觉忧心。

"我只能把牛奶倒在地上，那俩小狗果然过来了。"但这二位弟兄的警惕性非常之高，闻了半天，才略微舔了一点。

"这样喝不行啊，我又趴在车上继续找容器。最后终于找到一个……可是，回头看，他俩已经不见了。不过，这次他们不去高速路了，调转方向，往胡同深处走了。我追上他们，又招呼他们喝了一碗牛奶。然后，两个人（汪星人）走远了。"

我长吁口气。

"他们俩是一起的，毛色虽然不一样，但长得很像，都是下兜齿，特别丑。俩人就伴儿，还挺好的。"

下兜齿，那是我们共同关心的一只小流浪狗。算起来，从国际俱乐部停车场的初相识，至今，已经两年有余。

我清楚地记得我们初次见面，是在 2015 年夏天，某个燠热的午后。我和朋友喝过咖啡，停步于酒店停车场的树荫下，继续未完的话题。就在这时，他出现了：可怜巴巴，但一副聪敏伶俐的样子。黑黄斑驳的毛色，一点也不讨喜。那么热的天，太容易中暑了，千万不能缺水啊。想起车上有盒黄桃酸奶，连忙取来，倒在盒盖里，给他。连饮水带营养问题一并解决，我简直有点惊叹自己中午在超市随手买了这盒酸奶的英明决定。他等我退到一边才过来，充满警惕地闻，然后舔一下，再一下……等到喝完一盒盖，再叫，他只是回个头，不过来了。

他是新来的流民。流浪到这里，大概感觉还算个"地广人稀"的所在，于是安营扎寨。我常把车停在这里，然后穿越地下通道去上班，这是最快捷的路线。也因此，我接连和他遇见，并且开始特意带狗罐头或者肉干给他。后来，每次我停好车，喊声"狗狗"，他就从藏身之所钻出来，跑到我面前，然后站定，始终保持一点距离。渐渐地，他很安心地享用我带来的食物，我也不再担心他口渴难耐——停车场一角的槐树下，有用雪碧的瓶子裁成的饭盒和水罐，里面盛着狗粮和水。下兜齿不在时，常有花喜鹊由高大杨树上飞下来，到饭盒里啄食，翅膀展开得如滑翔机一般。有时，花喜鹊走开，我会再去探查，看它是不是叼走了我给下兜齿的肉条。

有次，我特意带了狗饭盒和妙鲜包，给他改善生活。我把饭盒放在地上，他大快朵颐，我在一旁拍照。他抬眼看我，于是有了一张正面免冠照片。猫头鹰看见照片，提醒，你小心点儿，万一他攻击你呢。我不解，干吗攻击我？我经常给他带吃的。猫头鹰指出他龇牙咧嘴的表情，说明明是在警告我。我笑了，他就长那样啊，下兜齿。也许就是因为长得不好看，所以才很难被人收养吧，但他没有恶意。

夏末秋初，朋友圈里，我写："今天看到最温暖的一幕。停车时发现了院子里的好心人为一只流浪狗狗更换了新的简易食品盒。不远处，一个高瘦冷峻的女生正在剥一只香肠给狗狗吃。我向她致意。她说狗狗来了快两个月了，还是怕人。真是一只聪明的狗狗。在凶猛的大城市里流浪，你永远要记得，不是所有人都值得相信。当然还是会有温暖善良的人们，他们不会因为你不美不亲人就伤害你，永远不会。但有些恶人，他们的凶残也远远超乎你的想象。因为你永远是狗，而他们坏起来就不是人了。保持戒备，才会让你生活得更久。祝你好运。"

"下兜齿"的花园和"豪宅"此时正在经历大拆大改。某个狂暴的雨夜之后，供喜鹊表演高空滑翔的大杨树全被拦腰折断。一周之后，粗大的树根被挖出来，然后运走，石板和柏油铺上，一切似乎从未发生。城市悄无声息的改变中还包括，我们已经习以为常的"下兜齿"，不见了。虽然环境日渐凌厉险峻，但这里已经是闹市中的仙境了，傻孩子，你还要去哪儿?

他的"失踪"成为凝结在猫头鹰和我之间的一团雾气，我们很想把雾抹去，又担心看到更加不堪的结果。每次到院子里，都故意开车绕场一周，在夜晚的灯影里，大声叫他的外号，然后，无功而返。于是故作轻松地猜想，他是四海漂泊的侠客，此时又开始仗剑走天涯了。心下却不由缩紧——谁都知道埋伏在水泥丛林中的险恶，一个受到款待和接纳的流浪汪星人，有什么理由不辞而别呢? 除非……

　　某个秋天的上午，我被灿烂的阳光从床上唤醒。起身倾听柿子树上灰喜鹊的聒噪。这群饕餮之徒，不光在果子成熟时呼朋唤友，大剌剌地反客为主，而且推杯换盏，笑语喧哗，毫无顾忌。我透过卧室的窗户平视它们，好像我是请客的主厨，倾尽后厨的食材，略尽地主之谊。

　　此时，猫头鹰的声音从微信响起：我看见下兜齿啦！

　　心情陡然欢喜：在哪儿？

　　在某使馆。他公然穿越栏杆，登堂入室，一副当家做主，闲庭信步的模样。

　　使馆，岂非别国领土？就是说，"下兜齿"每天都在进行免签的国际旅行喽？所以，"我不是在外国，就是在出国旅行的路上"——假若有天"下兜齿"开口，必然会如此回应我们的疑问。

　　后来，与"下兜齿"的累次邂逅，让真相渐渐浮出水面。每一次，猫头鹰都迫不及待地报信：我又碰见"下兜齿"了。

　　是吗？在哪儿？

　　还在院子里，它跟着一队武警小战士呢。他们去哪儿，他就去哪儿。

　　他怎么样？胖了还是瘦了？

　　好像没胖也没瘦，不过，看起来还挺精神，跟着战士们一溜小跑，两只耳朵甩呀甩的。

　　世间的相遇莫不是缘分。不知道哪个战士经常照顾他，不知道这样的情谊是怎样凝结而成的，但其中一定有彼此的选择，有倾心的信任，也是认准了他，于是跟定了他吧。

新的一轮担忧开始：可是，战士退伍了怎么办呢？

忧心忡忡是猫头鹰惯用的修辞手法。我抬手把忧伤拂去，只纯然享受喜悦。你若安好，便是晴天。所以，今天就是晴天的二次方喽！至于明天，命运的际遇谁能说得清楚：一双大手可以将你抛上云端，或推至谷底，并不问你的喜好。所以，每一个安然的当下才尤为值得珍惜。

又一个春末，猫头鹰和我带金毛丫头 Happy 去使馆区的咖啡馆吃晚餐，户外微凉的风催促我们尽快用膳，但好吃的比萨和若干路人对 Happy 姑娘的夸张赞美又在诚意挽留。饭后，我们沿几条清静的街巷散步，一只小狗猛冲到马路中央，忽然站定在中轴线上，走得不紧不慢，而此时，远处的轿车正渐渐逼近。我窜到马路中央，张开双臂，护送这位不知深浅的壮士。五短身材的壮士终于领会我的好意，扭身奔向了马路对侧的某使馆，然后，竟然跑到哨位旁边，一屁股坐下，纹丝不动，仿佛瞬间石化。我哑然失笑：怪不得马路过得飞扬跋扈，这原是你家小主的地盘啊！

那一刻，忽然想起"下兜齿"——小东西，你还好吗？

金毛姑娘 Happy 之乖巧美貌几乎能够胜任联合国亲善大使，只是每到一家使馆便作势进门的执念无法掐灭。好在战士们远未惊慌，甚至在几个门口，还有人轻声说：金毛，真可爱。我回头，见他们站姿依旧笔直，目视前方，眼里闪动着温暖。庇护和照顾"下兜齿"的也是这些娃娃脸中的一个吧？是那种可以从大火和洪水中救人也救狗狗出来的消防队员，是那种真正懂得生命的美好和价值的人。

"下兜齿"并非颜值担当，但也自有命中小小的福分，去和他的美好相遇。

每个人都是流浪者吧，或者叫漂泊，在生命的某个时刻，软弱无辜。待人之道是历史，上面写满了童年旧事，中心思想无非是我们曾怎样被世界对待。爱是文身，一旦着墨，无法轻易更改。而那些曾被无数次绞杀灵魂的人，必然对一切的温暖熟视无睹。爱是祝福，但不是报偿。没人向你保证，付出善意必会收到福报。然而，当你感觉到柔软的光明，必然会首先并永远以这种柔软的光投向自己。则你的心地永不荒芜。

某位资深法医专家告诫我：那些不喜欢动物的人，你不要和他们做朋友啊。统计学的概率不得不信，我的哲学于是有了坚强支点。听说莫斯科的流浪犬们被允许在地铁车厢中过夜，新闻图片中，他们的酣睡沉重而香甜。一旁的乘客若无其事。我有片刻的困惑，如果"下兜齿"们懂得上网阅读，会羡慕这些域外的大块头同类们吗？

忽然一日

粉色的槐花着地而成紫色，好像怄气的女孩儿，把皱纹纸细细撕成碎屑，丢了一路。多风无雨的暮春，纸屑们整日游走于花陇之间，竟然得以原样保存。

九级风扯下街头招摇的广告牌，狠狠掷向马路甚或路人。风中坠物致人重伤的视频，看得人心惊。听说大树被拦腰折断，躺在路上，而城中早高峰通勤的人中了埋伏。还好，我凑巧休息。眼见风在屋外嘶吼，窗前的山楂树挥舞着枝条，迎来它入驻我家后第一个疯狂的夏天。又是橙色预警，我也久未见过这样声色俱厉，不眠不休的大风。

散步不过片刻，金毛女生已经出落得土里土气，一对土人土狗开门回家的瞬间，柳絮和尘土一拥而上，夺路冲入房中。好在，于雾霾沙尘拥堵渐成日常的北京，我早练就一身"假装在别处"的本领：泡一杯雨前龙井，翻出在杭州的随手拍，揽一本闲书，便能即刻陷入"绿树浓阴夏日长，楼台倒影入池塘"的冥想。

夏天终究是个孩子吧，所有暴怒的独角戏在黄昏到来以前，戛然而止。

夕阳把柿子树镀成金灿灿的红色时，我正坐在花园的木质台阶上，仰着头。灰椋鸟三三两两从眼前掠过，从东北向西南，飞向三十米开外的大树，偶尔也有一两只喜鹊，沿同样的航线飞行。我讶异于它们规整的心思，一路飞，还一路扭头讨论，好像刚刚下了大课的学生。那棵站在小楼旁边，树枝高过楼顶的杨树，是你们的宿舍吗？还是阶梯教室？抑或是可以放电影也能开会的礼堂？它伸展着枝桠，环抱住你们，坚定而温柔。原来，你们的房子，是比我们的更大，更舒服的啊，或许，还更结实。

云彩也是红色的，在渐渐变得浓郁起来的湛蓝色天空中翻转身体，变幻姿态，玩着它自己才懂的拼字游戏。

以我四十几岁的人生，并不记得北京曾有这样风沙漫卷的初夏。但是，如此柔软的红云，我分明认得。或许因为它很像纱巾，老式纱巾，最轻薄的锦纶氨纶一类，上面印着写意的国画花朵，底色是红色、黄色，或者蓝色……那种红色的，我有一条。年代久远，现时它应该早已沦为卷裹在杂物外的包袱皮，被我妈塞进壁橱的某个隐秘角落。但我和它曾经相处的心情，历久弥新。

小时候——20世纪七八十年代，一周两次，要跟妈妈去澡堂子，沐浴得非常正式。狂风大作、尘土飞扬的时节，如果刚刚出浴，必得被妈妈用纱巾蒙头，再以四角分别打结，免得还没到家就落得灰头土脸，白买票洗了一回——人生最早的金钟罩也由此而来。透过纱巾看世界，一开始华丽神秘，时间久了，难免感觉憋闷无趣，就盼着风小，一把拖下这恼人的金钟罩，看看清晰世界的模样。某一次，我拖下纱巾，仰脸时，就见到了这样的云彩：那时候，天似乎远比现在高远辽阔，但我不能确定，因为那时候，我自己实在是太矮小了，所以，也许是比例尺造成的错觉？

而此时，无须扯下纱巾，刚一仰脸，我和红彤彤的云彩面面相觑。你是天空新的表情包吗？我对她托腮莞尔，却猜不透这组表情。

天气诡谲多变，好在我已找到应对扬沙季节最适宜的时间表。傍晚五点四十分左右，夕阳会把探头在墙垛上的那团珍珠梅花朵涂抹成鲜奶油的颜色，有时，墙头的树荫下还躲着一只猫咪，一天最美的时光由此开启：风最先摇动百米之外的大树，那些树叶好像舞娘华服上的亮片，不停翻转抖动。不过几秒钟工夫，风已经跑到跟前，一边摇晃我家院里的柿子树，一边顺手拂过我的发丝和围巾。小鸟在空中循着风迹，伸展翅膀，努力丈量，并且叽叽喳喳地核对着计算结果——我觉得他们永远无法交卷，因为关于答案的讨论一再继续。爬满围栏的金银花盛开着，一半在阳光下，一半在阴影里。我和PP在院子里玩她最喜欢的抛球游戏，虎斑猫也在墙头全神贯注。

我已经不记得白天的黄沙，而风沙大概也忘了他曾来过。

一个小时候读了太多童话书的人，成年之后也难免耽于幻想，而被童书打磨过的想象充满了恕道：大风原是患了失忆症的巨人，每天和西西弗斯一样进行着无望的劳作，只是一个推动巨石，一个搬运尘土。念及他的生命就在这样一件无效又无望的劳作中消耗殆尽，我竟然可以原谅他一切的狂躁和喜怒无常。西西弗斯胆大妄为到绑架死神，所以触犯了众神，那么，大风又曾有过怎样惊世骇俗的作为？他受的惩罚有期限吗？手中的黄沙和我们的城市是否也是他无奈而唯一的选择？

微凉的一股小风从柿子树的梢头俯冲下来，好像一哨微型轻骑兵，攻陷了领口袖口，我身上松垮的衬衫顿时被风胀满，PP 也在斜阳中忽然凝神，耳根微微竖起。我随她一起侧耳倾听，一起点数着狗粮颗粒落进不锈钢饭盆的哗哗脆响，这一勺，至少有四十粒！看看时间，六点半了：我知道，游戏就此结束，而 PP 姑娘一天最隆重的节目之一，晚餐，即将开始（她另外的几个隆重节目分别是午餐和酸奶下午茶）。

想象告一段落，幕间休息，我起身转赴漫长的工作，以此消磨掉整个晚上。然后，时钟敲响十一下，我须在夜色中策马狂奔，才能赶上在午夜结束前对号入座，继续精彩演出的最后一幕，听说今天的尾声处还有彩蛋——伊塔流星雨。

夜凉如水，繁星闪烁，澄澈的空气最宜于天文观测。所以，前晚顶着重重黄沙在 radio 中祈愿的晴朗，竟然实现了！我得承认我完全被新闻蛊惑，只是因为伊塔流星雨有着哈雷彗星的血脉。哈雷彗星，上一次有关它的热烈讨论，发生在 1986 年。回忆说明衰老？还是不敢回忆或者无暇回忆才让人加速衰老？说实话，我不太关心衰老。当时光不能弯转，而你永无可能重返少年，所有与之相关的印记就尤为可贵。白云苍狗，坐在台阶上讨论下一次哈雷彗星回归时我们会在哪里的小男生小女生们，早被世事消磨掉了对日月星辰的兴致。焦虑总是关乎未来，而解决之道，却可能锁在过去的密室里。

如果真像哈佛大学的心理学实验证明的那样，一个被布置成"时光倒流20年"的环境，可以让一群耄耋之年的老人年轻不少，甚至记忆力、听力、体力和智力都有了明显改观。那么，当一场陌生的流星雨帮我检索出与哈雷彗星有关的岁月，青春也将以某种方式从我身体里醒转来吧？于是，这场与哈雷彗星有关的怀想，至少可以让我重返小学时代喽……

其实，那个午夜，任凭我怎样留心，却没看到流星的半个影子。猫头鹰先生和我在例行散步时聊起那个有关哈雷彗星的年份，金毛女生是唯一的听众。有那么一瞬，我们内心仿佛仍是少年，好像肩头没有岁月的负担，摇摇晃晃，走走停停，踩着被路灯和半个月亮合力晒出的三个影子。

所有告别的将永不回来，但一切的往昔也早已冲印在生命里，永不更改。

时光在风中凌乱也在风中舒展，忽然一日，如此足矣。

大暑，宜深宅，宜会友

时值大暑，我的暑假开始了。这完全出于巧合。我对暑假的味道念念不忘，而替班的同事准备八月休息，所以，一揽子倒班休假计划迅速达成。你看，这个假期从一开始就是一脸受到祝福的完美模样。中午 12 点，我从温热的床单上苏醒时，每一个关节都感受到了松软的暑假味道。要不是急于用膳的 Happy 一溜烟地跑下楼梯，爪子和地板摩擦出一串清脆的咔嗒声，我本来还可以再赖会儿床。不能恣意酣睡的假期，总归还是不够地道，而我的暑假，必须原汁原味。

西红柿鸡蛋卤、手擀面、独头蒜……爸爸准备的午饭在餐桌上等我。惺忪睡意顿时去了大半。"面条？！"双方刚一见面，我的胃里就生出一种巨大的空虚感。有没有哪种食物让你的消化系统在瞬间做好准备？对我，面条就是这样的食物。当然，两头莹润的大蒜也让人眼前一亮。还有什么能配得上假期第一天的惬意和放纵呢……除了四碗面条？是的。三碗西红柿鸡蛋卤的，一碗炸酱的。你知道叙事总要重点突出，所以，我刚才故意没提炸酱这回事儿——北京人吃的家常面条，炸酱不是必需的么。大蒜虽然是我的挚爱之一，但一个总要在晚高峰时段做直播节目的主持人，不能不考虑搭档的感受，于是，每一个工作日的午餐，我只能忍痛割爱，或只半推半就地吃点儿蒜泥调味的凉菜。像今天这样盛大的日子，怎能不请独头蒜来剪彩呢？

大蒜和咖啡早是相声和滑稽戏界的陈年老梗了，今天却在我的午餐时间，满血复活。很多个浑厚的逗号之后，一杯现磨咖啡为午餐的面条画了句点。我在沙发上呷着咖啡，金毛君刘淇淇趴在地上做假寐状，栗色的眼珠在一排长睫毛下偷偷瞄我。

我不知道金毛们怎么看我，但共同生活的十年来，我们一直是互相促进，共同懒散的。只要我有一点儿精进于虚荣的成功，他们就会用最拿手的哀怨眼神凝望我，我甚至能够听到他们的叹息声：唉，本以为你是可造之才，没想到，也和其他人类一样愚蠢啊。所以，为了报答他们在我个人成长道路上的不吝赐教，我的一周缩微版暑假，是专为陪伴他们的。溽热的午后，打开空调的除湿功能，坐在地板上，用按摩来沟通，我们有彼此熟稔的手语，默契而轻松。就像至爱亲朋也免不了偶尔斗智斗勇一样，我们也有互相较量的时候。我们曾在散步的方向上产生分歧。我要出门向东，而他坚持向西，僵持不下之际，他改了主意，好脾气地表示可以先围着邻居的车位绕场一周……我同意，没想到这家伙在一圈之后，根本不停，埋头向西猛走。落败的我，对金毛运筹帷幄的智商表示相当服气。除非极特殊的情况，我早已放弃了散步的道路选择权——保镖，除非出于安全考虑，否则怎么能干涉雇主的生活呢？有的时候他甚至会在路口停下脚步，思考一下。然后坚定地做出选择。他思考时，眉毛微微扬起，偶尔转动眼珠。

淇淇在散步时会绕道看望老友，也不忘去仇家门口做记号，但大多数时间，他还是顺便蹓跶到那些既不是朋友也算不上敌人的一般狗的家门口踅摸一下。我一直弄不清楚他到底是靠嗅觉还是记忆完成这事儿的，但无论这两样本事中的哪一样，都比我强得太多。只是，有一样，我们很像——在交友方面，一样一样地挑剔。淇在搬来此处之后，无非结识了两位好友：一位是只喜乐蒂，我给她起名“瓜子脸”；还有一位就是有秋田血统的混血狗狗“四喜”。不过，瓜子脸女士已经往生多年，听说是心脏病发，突然走了。我至今记得她湛蓝色的眼睛，好像“海洋之心”，清澈里有淡淡的忧伤。我想，金毛君刘淇淇一定也记得吧。瓜子脸刚走那阵子，淇经常在她家门口流连。那是一个春天，瓜子脸的爷爷在门口栽了很多月季，土地里，花盆里，每次路过，都见他老人家在门口忙活……我想，劳动大概能治愈伤痛吧。四喜是淇淇和 PP 共同的好朋友——可见在真正的友谊这件事情上，原是没有性别之分的。PP 的行事风格颇像维多利亚时代的老小姐，有自己独特的品味，乐享单身生活。她的好朋友也是两位女士，四喜和 CC。好朋友通常有着不可名状之美好的第一印象。记得和 CC 第一次偶遇，我见到一只身量颇大的奶油色拉布拉多没有牵引，就这样向我们奔过来，心下一惊，害怕身材娇小的 PP 会受欺负，没想到拉布拉多跑到跟前，摇着尾巴和 PP 仔细互嗅了一阵子，竟然欢喜地躺在地上，把肚皮亮给 PP。这一幕，就算是桃园结义了吧？这么快就义结金兰？她们是怎样判断对方是值得信赖的朋友的？气味里到底蕴藏着多少秘密信息？我不知道，但不免欢喜。所以，我们说好朋友臭味相投，原来是非常科学的喽。

那些遇见与交好，都是很久以前的事了。时光荏苒，友谊弥新。

动物行为学家说，狗狗上了年纪就不喜欢结交新朋友了。对于那些动不动就撞到跟前的莽撞小子，淇淇和 PP 都没有耐心，掉头不理已经是最友善的态度了。我完全能够理解他们，好像在公园散步，却瞬间被散发小广告的人围堵，即使对方满脸堆笑，我们恐也很难隐忍沉默。和友人相聚是良辰美景，不速之客登门就是另一回事了。

今天，作为暑假的开头，我们会不会遇到四喜呢？四喜在家？四喜不在家？我在心里揪着雏菊花瓣，暗暗为金毛君测算老友重逢的概率。

心里的雏菊花瓣还剩大半，答案提前揭晓：走过蜿蜒的花园小路，透过斜伸到近前的茂密枝丫，忽然发现，站在树荫下吸烟的那一位，不就是四喜的爷爷吗？！两三分钟之后，四喜姑娘和两只金毛玩耍在一起，三位老友，闪转腾挪，欢天喜地。我不能完全理解他们的友谊，但能全然体会他们的欢喜。所谓暑假，不就该发自内心地撒欢儿吗？拍手跺脚地庆祝，淋漓尽致地幸福，都在情理之中。

夜幕低垂，是时候去探访老友们了，我必须独自行动——对淇淇，这是秘密。换好运动装，拿起健走杖，我在金毛们狐疑的眼光中走出家门。

临近午夜，生活在银河样的夜雾中辽阔起来，喵星人四大家族的继承人分别瘫倒在各自的王位——井盖、汽车顶、废弃的大花盆上面。此刻宝座松软，好像温热的瑜伽垫，既宜于入眠，也适合冥想。虎斑家族、三花家族、细尾家族、纯白家族……你们都在啊，那就好。最会卖萌的是一只金黄色虎斑，我用喵星语和他打过招呼之后，他竟然踩着猫步一路跟过来，在我脚边躺倒，不断地蹭着健走杖，一副讨酒吃的无赖模样——起来，我认得你，上次就是用的这招，骗了我一个猫罐头。看你的肚子，我还以为你怀孕了，后来才发现你是男生，到处蹭吃蹭喝，挺着一个啤酒肚。怎么？你还委屈了？乖，我家有狗，狗，懂吗？金毛，猎犬！汪汪！！没法带你回家……我双手摊开，他悻悻地走了，三步一回头。

虽然不知道名字，但我们彼此相熟，互相惦念。

暑假，是园中最热闹的光景。只有蝙蝠家族人口锐减，在小区外一排合抱的大树被伐掉之后。去年夜走时，寂静的树影中，常见他们的身影，也听到那种奇怪独特的叫声（动物学家当会纠正，那不是叫声），小区静谧的夜色就这样被他们飞舞得热热闹闹。其中某种蝙蝠飞行速度极快，几次俯冲到我眼前，然后在距我鼻尖尺把远的距离折返，惊得我直想跳开。小区外的道路拓宽，眼见夜行家族骤然凋敝，蝠丁不再兴旺。叫声几乎听不见了，只有慢吞吞扑扇着翅膀的一些小家伙。蝙蝠勇士在你眼前挑战高难度的飞行表演，被永远从节目单上抹去了。

每棵被伐倒的大树都俨然一个小小王国。大树覆灭，荫蔽的子民连带遭受灭顶之灾。他们甚至不知道灾难到来的时间，无法预知，更无从抗拒。众人欢腾道路拓宽，阻塞被疏通的时刻，只有我在哀悼树国牺牲的子民，这忧伤不但无用，而且不合时宜，因而也不可理喻。

莹白路灯下，树丛定格眼前，茂盛而清冷。车马喧嚣不再，就连巡查的保安也渐渐停止聊天——我怀疑，他们已在假寐。夜色愈深，一切静谧安然，好像野莓果冻。此时一个熟悉的身影猛然撞进画幅，俯冲至我跟前，贴地飞行，又忽地跃起，到达路边的另一棵银杏树，毅然折返……这段奔袭在我眼中俨然一个雍容的脱帽礼，而我，笑着以注目还礼。我的目光，你自然不以为意，但你的到来，绝对令我莫名欢喜——虽然无法洞见你劫后余生的惊险，但勇士终于归来，即使单枪匹马，究竟成全了我的暑假。

家在，老友在，生活在，暑假在，金毛君和我，我们仍然可以假装一切安好。

旅行，像风一样

有生之年的每一天都是旅行，我们不断遇见，不断离散。

通往健身中心的阳光走廊，常常备有奇巧的相逢。一只有灰色云朵状斑纹的小白猫藏身大叶黄杨之后，背对着走廊，透过树丛缝隙，警觉地打量外面的世界。对他而言，外面，是面前黄杨树丛外的柏油路，一路之隔的饭店后厨和空场，以及往来之人。在他背后，是一栋坚实而滑腻的房子。长廊没有侧门，我们可以观瞻，但无法扰攘。他因而悠然自得，当我们不存在。大概他也不存在，在每天流经这里的人心目中。从未见人如我一样忘形地躬身于玻璃墙之前，和喵星人打招呼，如呓语一般。大多数时候他们无视我，除非在玻璃接缝处，我贴在上面，讲他们的语言。这画面似曾相识，我满腹狐疑匆匆走过。经过他的那一瞬间，忽然感觉自己是艘游船，航行在塞纳河上……

第一次出国旅行的第一站，就是巴黎。初夏的傍晚，我们乘船在塞纳河上观光。这本来是趟常规线路，好像我们平庸的一日五游。傍晚的微风，河两岸的建筑，美则美矣，但波澜不兴——直到，我们经过某处，岸上一个年轻女子正宽衣解带，背对我们，面朝大路——她在河岸的灌木丛后蹲下，浑圆的臀部在夕阳下雪白耀眼。有人惊呼，瞬间，更多人涌到船舷边，口哨声，欢呼声，船长有些惶恐，但更多是好笑。岸上的女生发现万无一失的如厕计划被一船外来人口从背后撞破，顿时慌了，想要调转方向，又觉得那是更坏的选择，一秒钟的僵硬之后，她索性大方地挥手和船上的游客打招呼，接着自我解嘲地爽朗大笑起来。船上也爆出一阵哄笑还有掌声，为她大刺刺的勇气喝彩。两波热烈的声浪随着塞纳河的水波汇聚一处，又各自荡漾。

优雅有什么意思，狂野才生动有趣。法国女人是生动的。她们可以站在一旁和你一起对着自己的错误大笑，她们惯会原谅自己的不完美，那些小瑕疵和"三急"相比，实在没什么大不了。懂得满足最紧要欲望的人，才能获得人生的大自在。

我的旅行和我的人生一样缺乏规划。我一直好奇那些擅做远期攻略的人，如何提前知晓自己一年之后要去哪里旅行呢？提前的安排规划难道不会磨损灵感和心情吗？而那种向往某地的灵感和心情竟然不是最宝贵的东西吗？

我不算旅行爱好者，我贪图安逸，完全不享受在路上的感觉，奔波通常难以忍受，除非目的地令我兴趣盎然。兴趣的楔子，有时是叹为观止的小说，有时是难以言说的电影。

《托斯卡纳艳阳下》是部电影。还有一本书，也叫这个名字。作者是同一位，但故事大相径庭——电影与爱情的失而复得有关，而书则完全关乎一所老房子修葺的细碎过程与其间被发掘的田园生活。我到现在也没完全弄明白书和电影间的关系，好在我已放弃思考这个问题，因为自那场旅行开始，我的一部分神思，至今游走在托斯卡纳的乡间田野，或许，有时迷失在佛罗伦萨的托纳波尼大街。总之，它决定不与我一同回来，而我，毫无办法。

旅行开始时，那本书还没有读完——几乎读完了，只差最后几章——当时，我还不知道那是多么关键的章节。我被书里的描写迷住了，电影也推波助澜，而那时，我们正计划一场旅行。虽然去过意大利，但跟团旅行怎么能比得上两个人的自在游荡？热情的朋友推荐了她的朋友：在当地拥有大片葡萄园的老爷爷。我一定要去《托斯卡纳艳阳下》故事的发生地科尔多纳小住，其他的行程，但凭理科生猫头鹰先生做主。

意餐爱好者猫头鹰先生终日埋头检索科尔多纳和附近城中的知名餐厅，以及还有哪些地方值得一去，而我，为赶节目精疲力竭，余下的时间只够偶尔翻翻那本逗弄起我旅行兴趣的闲书。

出门旅行也要睡饱，绝不为了多看一个地方而让自己疲惫，一切以舒服为准——阅读之前，我的人生已经在实践托斯卡纳的慢生活准则。这个原则一开始让猫头鹰抓狂：习惯出门前做好详细攻略按部就班的男人，如何能忍受一个随心所欲的女伴，即便是自己的太太？答案就是，除非去托斯卡纳。托斯卡纳独有的乡村气息可以软化一切钢铁意志。迫不及待地办完入住手续，我们把行李丢在房间，赶紧跑出来玩儿。暮色四合，大片的葡萄园和橄榄树旁边的田埂上怒放着不知名的野花，乡间处处可见神龛，里面供奉的都是圣母玛利亚，空气中有一股清甜的味道。周遭极其安静，安静得仿佛能听见云朵游动的声响。而路边居然有那么多那么大的树，两人双臂仍无法合抱。我们站在树下，自觉能感到树的心跳和脉搏。我暗想，那里面一定住着神仙，而在某个时刻，树干裂开，光芒耀眼，那一定是树仙们的聚会就要开始了——我猜，会是在我们熟睡的某个凌晨时刻吧？大树有自己的领地，事实上，大树自成一体，明明是个微型国家。树上的鸟，树下的蜥蜴和蚂蚁，还有很多不知名的昆虫，就是树国的子民。它们祖祖辈辈住在这里，见证着每一年的阳光和雨水，见证着橄榄树的剪枝和葡萄园的丰收。

锡耶纳之行在酒醒之后的下午——我在里奥奈罗·马凯西（Lionello Marchesi）老爷爷的酒庄 CASTELLO DI MONASTERO 品酒，然后，醉成烂泥——我全部的元气直到吃过锡耶纳城里的冰淇淋才彻底恢复，伴随着里奥奈罗爷爷夸张的赞叹和殷勤。意大利男人惯会把赞美弄得像他们的服装一样，剪裁得体，妥帖恰当。我怀疑，这也最终成为他们实实在在的经济增长点——哪个女人会拒绝赞美呢，何况说话的男人看起来那么坦率真诚以及英俊。高调的赞美可能吸引更多的游客，特别是女性。问及旅行初衷，我把美国女作家和她的《托斯卡纳艳阳下》和盘托出。他恍然大悟，接着不无得意地宣布：我也在那本书里。看他露出一副自豪的老小孩模样，我只当说笑——那书里出场人物众多，可是并没见到里奥奈罗的大名啊。

一天的行程近乎完美，假若不是他送我们回家时车开得飞快，而乡间山路曲折狭窄，多少有些骇人。月光下，乳白色的轻雾不断涌向车前，又被抛在车后。困意袭来，我索性沉沉睡去，而可怜的猫头鹰先生因为过于清醒，难免心惊肉跳了整整一路。

我们的大冒险从来到科尔多纳，启动真正的自由行开始。整日闲荡，时间仿佛路边的树荫，恣意生长，连绵不绝。椴树的香气笼罩着半座小城，镇上的早晨从中午开始，而晚餐吃到十点还意犹未尽。我们爱上了旁边饭店的比萨，看眼熟的服务生姑娘在休息时和男朋友一起，带上狗狗，坐在市政厅的台阶上聊天。我们从商店里买水果、矿泉水和酸奶，跟霸占着长椅伸懒腰的小猫打招呼，和其他游客一样，混迹在城镇的寻常生活里。

这是一座小巧的城镇，依山而建，利用一两次饭后闲暇，就能走遍大半。留在城中的倒数第二晚，饭后散步时，我们商量第二天的晚餐，说话间又经过那个不起眼的饭店，门口台阶上摆了一溜小型黄金猎犬以及其他狗狗的雕像，狗主人顿时有了兴致，凑上前去一通拍照。初夏的傍晚，天气微凉，房子深处飘来的一阵阵笑声把我粘在原地，心有暖流。感动的漩涡刹那间吞没了我，虽然我并不知道那漩涡的源头到底是什么——莫非轻松单纯的笑声揿动了某个记忆按钮？哪段往事应声而来？我不确定，但我一见钟情，我和餐厅心有灵犀。

"我们明天就吃这家吧？"

"好！"猫头鹰一反常态，绝口不提写在旅行手册上的那家米其林。

那是一家每每想起都会让人笑出声的餐厅。第二天晚上，当我们在那里坐定，猫头鹰忽然低声惊叫：这就是那家米其林餐厅！墙上贴满了意大利电影明星的照片，从最时髦的，到最经典的。亲爱的猫头鹰先生迷失在这座小城里，如你所知，男人们总是宁肯求助地图也绝不开口问路。他没想到这家大名鼎鼎的米其林餐厅，居然隐于深巷，而门面如此陈旧普通。他更没想到，这家餐厅竟然被我误打误撞找到了。

"你怎么想来这家呢？就是因为门口的小狗吗？"

"也不是，觉得这里有种特别的气氛，就岁月静好那种。"

事实上，这里远远不止"静好"，至少也是静好的 N 次方。瘦削热情的中年女侍者好像装备了超能电池，每隔一两句话，就自动爆发一阵热烈狂笑。在被她极富侵略性的笑声狂轰滥炸几轮之后，我们和隔壁桌的一对年轻情侣也不由尴尬地相视而笑。在一家高尚餐厅里暗地嘲笑认真提供专业服务的侍者是有罪的，于是，我们每个人都强忍笑容，假装若无其事，直到她转身离开。我想起那些仙气缭绕的大树，忽然觉得这位女士也许就由山间某种不知名的鸟类幻化而来？整个晚上，我越看她越像童话角色——外国的仙女们不都是怪里怪气的样子吗？就连给灰姑娘水晶鞋的那一位也不例外。

　　这个仙女虽然没有魔法棒，但每客甜点都特意拿来两把匙子，意味深长地告诉我们要懂得分享，然后夸张地摇晃出一串笑的颤音，这才转身走开。

　　我们出了门才敢放声大笑。这家餐厅除了不计其数的电影明星大驾光临，也因为她的存在而蓬荜生辉吧。浓郁地道的提拉米苏和欢乐诡谲的女侍者，我们在科尔多纳最后的晚餐堪称销魂。

　　借助某种不可描述的超能力，我在阿雷佐同样探测到一家米其林餐厅。那天中午，我们走出教堂，饥肠辘辘。两家餐厅隔条马路，遥遥相对，猫头鹰先生提议去那家人多的，我却望着马路对面阳伞下雪白的桌布发呆。

　　"我想去那家。"

　　"那家都没人吃啊，你看这个，人气多旺！"

　　我不动，对人气餐厅的格子桌布以及嘈杂声音露出一脸嫌弃。两分钟后，我们坐在了雪白的餐桌旁。菜色太令人惊艳，当然，价格也相当"公道"。结账时，猫头鹰才注意到米其林标识：怪不得。

　　女人的直觉不是奢侈品，而是日用品。我们无须炫耀，只要实战。最奇异的事情往往发生在最紧要的关头，这回的场景是科尔多纳市政广场旁的杂货店。

　　"卖火车票的旅行者服务中心怎么走？"问路前，我特意买了个打火机，以中国式习惯表达诚意，虽然全无必要。杂货店里的两位老人家好容易弄明白了问题，却苦于不会讲英语。但这丝毫不耽误他们热情襄助，感情充沛的意大利语一股脑倾泻而出，其间夹杂个把英文单词，还有夸张的手势。大脑短路半分钟之后，我忽然开窍——我确定不懂他们的意大利语，但却懂得他们想说的地址和路线。我道谢，然后拉着将信将疑的猫头鹰出来，笃定地朝坡上走。

"你听懂了？这路对吗？要不再问问别人吧。"

"哎呀，跟我来吧……"我不能多说，害怕新生的语言磨灭了刚留在大脑皮层中的清浅印象。

五分钟之后，我们已经出现在旅行者服务中心，并且预订了第二天的火车票。我确实不会意大利语，一窍不通。整件事唯一合理的解释是：两位老先生使用了一种专门针对外国人的神奇语言，单字虽然懵懂，但整句话的语音语调却能跨语言跨文化，准确传情达意。相信我，这里是托斯卡纳，什么都可能发生。

还没有读完一本书，就兴致勃勃地想要成为书中描写的见证者，多少有些冒失。我的代价是，皮肤足足黑了两个色号。别说作者没有提醒你，就在正文部分的最后一章"托斯卡纳艳阳下"里，她这样写："天气越热，我早晨出去散步的时间就越早。最初是八点，接着是七点，最后是六点，可即使是凌晨六点，出门前也还是要抹上一层防晒系数三十的防晒霜。"啊哈～你猜我读到这段文字时作何感想？我想，对于每天仅靠墨镜遮阳却胆敢信马由缰午后散步的女士，现在的结果还不算太糟。

最大的彩蛋当然在全书最后一节。梅思漫不经心地写：《托斯卡纳艳阳下》一书问世的时候，我想科尔多纳肯定没有一个读者……出于对隐私的尊重，我改变了一些人的名字。书出现在意大利后，常有人把我扯到一边，问："干吗把我的名字改了？"好吧，那么，现在我该问谁，那位载着我们在夜雾弥漫的山间小路狂奔的里奥奈罗爷爷，他在书里的名字叫什么？

除了这团缠绕不清的悬疑公案，托斯卡纳旅行记忆还包括一些纪念品：伪装成一头大蒜的椒盐瓶子，做成半个西瓜和一棵卷心菜样子的沙拉碗，趴在橱架上的两大一小一家子白鹅……还有一块瓷质的马蹄铁，上面按当地风俗装饰了蒜和辣椒，我把它挂在户外藤萝架上，和从英国巴斯带回来的那串"大象身上的铃铛"遥遥相对。旅途中偶遇的心爱之物将和我一起在北京的时光里慢慢老去，互相陪伴，互相消遣。一餐饭，一抬眼，一低头，寻常日子里和它们的每一次碰面，都是与旧时光重逢：月光下的橄榄树，窗边树梢的梨子，餐厅外欢脱低飞的燕子，提拉米苏的味道以及另类的女侍者……

不是所有的日子都能擦出火花，所以，兴之所至，趁早出发吧。纵使身陷庸常人事，愿我们的心仍能像风一样自由。

捡到一个好朋友

做一枚好宅女的要点是：不能缺少朋友。不是那种挂着门卡，在午饭后肩并肩手挽手在写字楼以及附近公园里散步消食的朋友——就伴儿这事儿既劳神费时又消磨友谊，我早就戒了。而且自从有黄金猎犬的陪伴，我更觉得一切虚情假意的赞美和关心都特别廉价，不值一提。

所以，朋友，必须是有趣的。

有一天晚上，从泳池爬上来，未读微信已经几十条，因为时近午夜，内心感觉相当惊悚。定睛一看，原来我被拉入一个新建的群，人选理由是：有趣。事业成功的群主被同学聚会触动了神经，认为比起成功来，人还是有意思比较重要。欣赏热爱有意思的人，努力做个有意思的人，遂成为他的理想。面对这些留言，我大概有点儿明白企业家成为企业家的原因：目标明确，而且行动力超强。但是，那些在商场上杀伐决断无往不利的规则，适合用来培养趣味吗？甚至，趣味，是可以培养的吗？

微信群里，群主发出邀约：明天或后天晚上一起小聚如何？

群里寂静一片。

所以，你看，有趣的人，都不喜欢没来由地和陌生人共围一桌，推杯换盏，然后交换名片以及扫码关注吧？这种生活，本身就太过乏味。

有趣的朋友，应该绝少在应酬场合相遇。

我的好朋友，似乎都是捡来的。比如伦。

"天凉快些就咖啡吧？"他的微信。

咖啡是我们的暗语，其实就是见面，吃饭，聊天。伦是个医生，却和在医院里经常见到的大多数医生不同。虽不谈笑风生，却也绝非高冷严厉。其实，他的眼睛和态度一样，温暖得好像日光下的小溪，而且面对各色人等皆是如此。比实际年龄年轻得多的俊美面孔和文雅态度一起，构成了一个完美的医生形象——我知道，他本来就是一位医疗专家。不过，平时我们也看惯了"白衣天使"们面容和衣着间充满的违和感。

我们的咖啡时间充满各种"不切实际"的选题：我眉飞色舞地讲解学习"占星"（就是牛顿晚年也曾醉心的那门学问）的心得，他听得兴致盎然，问可不可以用占星的方法研究人的出生星盘和疾病的对应关系呢？当然可以啦！我夸下海口，可以梳理出病人的数据，仔细研究。好啊，病人的生日应该都有记录！他也兴奋起来，好像疾病的预防已曙光初露，大有可为。可是，没有病人的准确出生时间吧？那可能不太行啊……想到这里，情绪一下跌落。于是，好朋友答应自己作为样本志愿者，无偿提供给我做科研。

他总是带来好消息：我们医院彻底取消用狗做动物实验了。不过……为实验动物立碑表达感谢和敬意，暂时还做不到……我们继续努力吧，肯定会越来越好的……

每当灰暗情绪如乌云压顶，或愤怒无望像大雨滂沱，这些闪亮的消息就是藏在秘密地点的火种，找到它，点燃篝火，既能照明，又能烘烤衣物，还能在雨夜取暖。

我听过的最动人的医患之间的故事就是伦讲的。一个叫小娴的姑娘，很小就被确诊罹患某种眼部肿瘤，病情迁延多年，致使她童年的大部分光景都是在医院进进出出。因为住院时间太久，小娴和病区的医生、护士成为朋友，她乖巧懂事，很多时候，好像是医护人员的小尾巴。当然，他们也几乎习惯了总是有她的病房。她那么柔弱，又那么开朗，天使一样的纯真笑容可以扫去一切阴霾……她每天幸福的小模样，好像在说：哪怕一辈子住在这里，我也可以心满意足。

可是，在喜怒无常的命运面前，再卑微的愿望也可能不被允诺。

某天下午，某个会议之后，伦被简讯传至病房，小娴正到处找他。她要和每一位喜欢的医生哥哥和护士姐姐合影，她还按照颜值，悉心给诸位帅哥做了编号，而现在，终于轮到其中名列前茅的人被郑重传召——是的，小娴要回家了，以合影来作别。护士姐姐们当面喜笑颜开，扭身悄悄拭泪。由于病情进入终末期，肿瘤的迅速发展让现代医学捉襟见肘。既然没有有效的治疗手段，继续留院已无意义。而高额治疗费用虽几经减免，也终究令这个普通的工薪家庭不堪重负。回家！父母做出了这个决定，带他们心爱的小女儿返回故乡，那座小城，那个家，才应该是她短暂生命旅程的温暖终点。

半年以后，科室主任收到一封来信。信用稚嫩的笔体写成。写信的是小娴的姐姐，但口吻却是妹妹的。信中，小娴说：我在一个多月前真的化作了天使，在天堂开始了快乐生活，没有病痛，没有创伤，阳光普照，鸟语花香，请大家放心。天使小娴的唯一心愿是，告诉那些远在北京，曾像亲人一样帮助、安慰、治疗、照顾过她的医生哥哥和护士姐姐：深深地感谢你们陪伴我度过在人间的最后一段美好时光，祝你们幸福安好……

这个故事发生在十年前，我给它取名《天堂来信》。

听到这个故事时是个夏天的傍晚，我们坐在茶餐厅，阳光斜斜地照在伦的身上，对面的我，早已泪如雨下。在一个不相信转世轮回的时代，这故事足够治愈吗？还是令人更加无助？或者我们应该甘心受困于命运的独特逻辑？至少，人要对困顿和挑战全然接纳，才有可能逾越生命的一座座山丘……

不用我说，你也知道，医患之间的故事远非如此温暖，更多的泪水不是源自感动，而是出于愤懑。伦的学生，一位大有前途的医生，被她所疗愈的患者讹诈构陷，竟然受到处分。而这位患者的蓄意阴谋，不过是想让医院多赔些钱财，理由是，医院有钱，而她罹患眼疾，没有工作，一贫如洗。愤怒的女医生离职出国了。伦代她去法庭上和患者对峙，戳穿谎言。有时，在命运的当下，你无法判断，狡诈和驯顺哪个才更高明。总之，出庭时，这位患者本已好转的病情又渐趋恶化，而她已无颜向那些被她陷害的医生们求助。据说，她在法庭上放声大哭。

在这些鲜活的段落面前，我常不知，善恶美丑究竟该怎样评判？甚至，那些梦魇苦难和阴鸷刁钻，到底如何接续成为不断的因果？

"你相信命运吗？或者说，相信善恶有报吗？"我问伦，自觉问话中透着深深的倦怠。

"信。"五十岁的他仍然绽放出孩子气的笑容。

在讨论中，我们仍习惯像小时候一样，把人分为"好人""坏人"。伦说，好人能够成为好人，本身就是福气，与此相对，坏人成为坏人，当然已是一种报应。其实，儿时范式延续至今，对于角色设定，我们早已别无选择。或许，能做的，就是高高举起那种特殊的火把，在繁茂幽深的丛林中，让好人能够彼此发现，彼此照见，不觉孤单，不畏前路。

周日傍晚，手机一响，伦的微信：北京天气如何？飞机不飞啊。

我：挺好的啊。你在哪儿？

他：上海机场跑道上。那我再睡会儿。

三个小时后，再收到他雀跃的微信：到京啦！同事国航刚登机。我的东航已经到了。

我不解：那为毛？

他：会不会地方保护主义抬头啊？咱们是燕国的，人家吴越……

单纯和智慧往往是硬币的两面。相信奇遇的人，才会碰上奇遇。我一般在哪里能捡到这样有趣的好朋友？微博。大概六年前，刚开博不久，我喜欢每天从增长的粉丝中挑选可爱的"好友"。我的"好友"需要满足以下条件：实名认证，名字好听，而且……样子好看———一个人在中年以后，如果面貌仍然温暖可喜，那他（或她）多半就是如此温暖可喜了。不信，你去找找看。

白露到秋分前后，是启用耳朵的最好时节。某个清朗的午后，风起时，闭上眼睛，去听植物打击乐团的合奏。你去分辨不同的树在风中奏出的不同声响和节拍，然后选择你最爱的声部。银杏和合欢的声音生动活泼，松树真如海涛般动人，不过细碎幽微一些。

秋

立秋　凉风至，白露降，寒蝉鸣

处暑　鹰乃祭鸟，天地始肃，禾乃登

白露　鸿雁来，玄鸟归，群鸟养羞

秋分　雷始收声，蛰虫坯户，水始涸

寒露　鸿雁来宾，雀入大水为蛤，菊有黄华

霜降　豺乃祭兽，草木黄落，蛰虫咸俯

自家门口的草花，竟然被发现在花店同款有售——索性剪几支插瓶，保证比店里的新鲜。而且，PP和我都喜欢。

敦煌有龙鳞样式的大片云彩，
华美蓬松；以及被沙漠烘干的
我，微不足道。我在莫高的洞
窟里迷失，像无数到访的游人
一样，神思恍惚。

除了悄然膨胀的果实，

秋的一切静默内敛。

万圣节是严冬前的狂欢，用秋天
打下的肥美战利品。小菜店的袖
珍南瓜最适宜新手雕刻，初学乍
练，既没浪费南瓜，也没刻到手
指，我对自己相当满意。

那个折叠的北京

下午三点半，我闯入折叠的北京。

假期刚过，一架手风琴，被久违的主人从琴匣里拎出来。固定的扣锁打开，黏腻了一个长夏的风箱轻轻开合，细小的尘埃飘落，长长的音符流出。北京城就是手风琴，重阳节，风箱抖动的刹那，我落入那道皱褶，鬼使神差。

这座足足生活了四十年的城市，偶然展露一截我从未见过的图景，令我目瞪口呆。

友人在一公里外焦急等待："你在哪儿？"电子地图上显示，我正定格于丰台西南三环内某无名道路，完全静止。我在观看着成堆货物流转，粗糙而灵巧的电瓶车于两列庞大货车队伍的缝隙中闪转腾挪，山间的小兽一般，灵动不已，有时也猛然晃过我的周围，惊出我一身冷汗。我的车则和前后的冷链运输车一起，如同刚采下的山石，堆放路边。

面前依次晃过小山似的鸡翅中、羊排、冻鸭、牛肉肠……每一个运货的小哥都冷着张脸，一手捏车把，一手拿手机，用免提喊着微信。甚至还有人从外套兜里掏出了对讲机……偶尔斜插进三三两两的路人，年轻姑娘穿着紧绷的黑色打底裤，上身是牛仔短外套，下面露出白色短蓬蓬裙，谜之时尚趣味和混乱忙碌一起，翻搅出一片奇怪的沸腾。

开采的山石们终于被放上了一条缓慢的传送带。传送带大约每十分钟左右向前一格。我觉得自己是马谡，骄傲地中了埋伏。这里山高谷深，形势险要，前有河水挡道，后有追兵……该当如何是好？！

在豫 A 冷冻车掩护下，我和鲁 Q 冷冻车谨慎错身，前进几十米，更丰富的内涵次第展现：一溜货摊依次是干鲜果品、日杂百货。衣服和鞋大剌剌地排列着，或挂或摆。女摊主歪斜地靠着椅背，斜睨着手机，偶尔抬眼，并无表情。摊位旁不远，成捆旧纸板箱立在墙边，而街对面，小型垃圾堆上扣着几个干瘪的方便面纸碗。就是这样，你在左面看到夕阳下炒货的兴味会迅速被右面的垃圾堆冲散。一条肮脏混乱的小街脏乱的生存理由正是因为它是这座城市的冷冻食品集散地之一。荒诞么？还是非常合理？

但我不是马幼常，我是曹孟德。在某个水泄不通的三岔口。有外乡口音的"本地人"熟络地指挥，"姐们儿，再往前点儿，还有量"。一会儿，另一位又来，"姐们儿，往后倒倒，让它先出去呗"，说着指指右侧的面包车。我的愠怒一半是心烦意乱，一半是虚张声势:"一会儿往前,一会儿后退,有谱儿么你们?!"这位出主意:"前面堵死啦,根本出不去,干脆你右转吧,别在这儿耗着了。"下车探看前方路况的司机也正摊开双手,一面走回来,一面冲后面一哨人马说:走不动了。可我分明看见他脸上还微微挂着笑。我让过面包车,走进华容道,一路奔逃到二环路上,甚至没记清那位"关云长"的面容。

天色将晚时,我和友人终于在东三环某家快餐店碰面。我啜饮一口热咖啡,舔着嘴唇上的奶沫,深觉气定神闲。我对他们讲起刚刚过去的那个凌乱的下午,说巷子里的每一个照面都充斥着深深的紧张讶异,那些生活工作于斯的人,他们用目光一再指出真相:我是那个衣着普通且未戴面具的路人,莫名出现在隆重的化装舞会上,还不明就里,长驱直入。好在不速之客中途醒悟,识趣地退出。

那种拘谨慌张压迫心脏的感觉,其实似曾相识。

我确实去过一条陌生的胡同。那是十五年前,至少十五年。那时的我,是个初出茅庐的羞涩记者。某天,轮到我值守热线,一位出租车司机来电,说他堵住了那个经常利用胡同地形掩护,然后不付车资就逃跑的坏小子,而且已经报警。那时我还没有车,打车赶到宣武区琉璃厂西南方向的一片居民区,然后下车步行,钻进了一条接一条狭长曲折的胡同。虽然没有导航,但你很容易发现准确地点,因为那里人头攒动。那是一个夏天的午后。工作日,三点钟左右,却有很多远未到退休年纪的人,着家常背心短裤,或者睡裙,趿着拖鞋,抱着胳膊,或叉着腰,三三两两开着小会。

当然，围观群众中也有白发的老人和学龄前的孩子。听说我是记者，热心人纷纷讲述他们掌握的背景材料。孤儿寡母，撒泼打滚，不成器的儿子，吸毒……这些字眼儿就是故事的梗概。说完，他们指点着院中的一座小平房告诉我，警察在里面，他们娘儿俩肯定又要赖呢。我深一脚浅一脚地走过门道，院子里盖满了房子，几乎没有空地，分开过道里的众人，看过去，门开着，一个黑漆漆的小房间正和我对视。里面传出警察严厉的声音，然后，一声奇怪的响动，一个女人的嚎啕。我觉得头皮发麻。围观群众的解释却云淡风轻，又要赖呢，晕倒，假装的……

正犹豫要不要马上进去，几个警察已经抬着他出来，一个年轻男子，胖胖的，没有宣传中典型吸毒者的黄瘦面容。警察让看热闹的散开，说带他回派出所。我简单采访几句，迅速离开了现场。我着急离开是因为我要赶回电台做热线报道，当然，这是借口。事实上我内心慌乱，我甚至无法面对这位故事的主人公。我有权冷静而尖锐地提问吗？问你年纪轻轻为什么不念书，不上进，不工作？问你没钱为什么还要打车？问你让司机等你，而自己下车逃跑时，心怀愧疚吗？我觉得我可以问，但我不想问。在那个时刻，我甚至不想知道这一切到底为什么，我只想赶紧把这扇大门关上。如你所见，我真的不是一个好记者。我经常怀疑自己提问的权利，也觉得别人完全有拒绝回答的理由。

其实，胡同里曾经有我最熟悉的生活，我是打小儿长在胡同里的北京丫头。小学二年级，搬进爸爸妈妈单位分的一居室，我才和那座能听到电报大楼钟声的院落渐行渐远。记忆中，胡同生活包含音乐厅的海报、空地上的皮筋、跳房子和骑马打仗游戏。夏天晚上坐在妈妈宽大的裙子下摆里抬头数星星，冬天从水缸里舀水，在炉台上烤馒头片和白薯干……胡同里总有罩着我的大姐姐，每个院子里都有一两个让人过目不忘的孩子王，比如，"大奔儿头""小石头""白玫瑰"（也是个男生哦）……童年的回忆成为考古，我站在山头，俯身探看，开始疑心这些人物和故事是否真的存在过。

时光荏苒，白云苍狗。胡同的面目和画风究竟是怎样陡然翻转的？为了洞悉剧变背后的真相，四十岁的我必须翻遍抽屉，寻找四岁那年压箱底的故事。

折叠了很久的往事最终铺陈在眼前，清晰鲜艳得好像从未放映过的崭新拷贝：音乐厅的斜侧，胡同拐弯，三两所院落合围成一处凹进的小空场。某个微雨之后的早晨，警车进驻，身着白制服蓝裤子戴白色大檐帽的警察叔叔，带走了一个瘦长男人。他戴着手铐，垂头丧气。押送他的警察，手里拿着一只装葡萄糖的医用玻璃瓶，里面有少许金黄色液体，好像……橄榄油。我躲在胡同的电线杆后面，眼前的画面令我惊呆。那个秋天湿润的空气因而染上了魔幻色彩：能被戴上手铐，押上警车，他必定是那种很坏的坏人吧，可是……很坏的坏人竟然也并没有三头六臂呵。我记得那个男人的女儿和我年龄相仿，瘦瘦的，我们一起玩儿过"木头人"的游戏，但不很熟悉——胡同里，二三十米开外，就是遥远的距离——此后，那个女孩儿更是绝少露面，或许，小小年纪，她便已习惯独来独往，深居简出。

这卷回忆的录影之于我仿佛《城南旧事》之于英子，历历在目，也遥不可及。

尘封的录影带在某个清晨放映完毕。我将珍贵的拷贝放回抽屉，长吁一口气：生活从来都不容易，或许日子从未变过，改变的是我们自己。造化原本无心弄人，反复无常不过是它的寻常肌理。

彼时，我正端坐在汽车的驾驶席上，瞪着一双因缺觉而血红的眼睛。我在奔赴某重要会议，一个煞有其事的巨大会场正等着用我们填满肚子。五环路处处埋伏着"一网不捞鱼"的神来之网，而我的车是一尾灰色小鱼，被鱼群裹挟着飘来荡去，和周遭各色鱼等一样，身不由己。

"叮！"将我领入"北京褶皱"的导航 APP 发出提示："报告将军，前方出现拥堵，请将军绕道而行！"淘气。在雾霾的早晨，我出声地笑，想这一路走来，贵及百万贱至几千，浩荡坐骑上并辔而行的，必然全是将军，或跋扈，或落魄。将军们隐姓埋名，默默统领自己的生活，而居然就这样被勘破了秘密。它哪里是导航，分明是猴子搬来的救兵！荡漾的笑意中，我决计不再追究重阳节的那次狡黠放逐，说不定，那是他意味深长的点拨，需要我细细收藏在回忆的锦匣中，来日方长。

此刻，那个躲在电线杆后惊恐注视着"警察抓坏人"的小女生，终于肯跟我握手言和。我告诉她，如果再遇见那个瘦削沉默的小姑娘，还是可以叫她一起丢沙袋、跳皮筋，心无挂碍……当你长大，你会明白，生命中总有些黑暗时刻，或许漫长得仿佛极夜一般，但若你的善意能成为种子，深埋于冰雪之下，则某个春天，它定会生根发芽，开花结果……它始终会在你的生命里，遥遥相望，摇曳生姿。

敦煌敦煌

八月底，沙漠的阳光将我烘得又热又干，裸露的脸和胳膊，绷紧的好像不是自己的皮肤。我带着围巾和帽子，仍然感到一种趋势，我将和沙漠上的骆驼刺一样，在空气里日渐干枯和烦躁。从昏暗的洞窟钻出来，黄土之外，抬眼便见一片片薄薄的、均匀的棉絮，或一团厚厚的棉花，像风筝一样被放到蓝天上，贴着甘洌的空气飞行，像某种古老的魔法。

魔法师很难在人工智能的社会里继续修炼。但敦煌不同。我确信，魔法界某些分支的幸存者，如果有，很可能就藏匿在这里的市井角落。

站在微凉的洞窟，细细端详着对面的美人观音，我们距离咫尺，却远隔千年风尘。有一瞬间，我觉得我就是魔法师，不过喝下了解药，忘掉了魔法。但我仍有无关痛痒的记忆，寻常时光里的寻常面孔，以及累生累世的娇媚容颜。她在墙壁上，柔软地笑着，我站立跟前，不觉双手合十。在她面前，这不是祈求，而是问讯。她的美好，虽无压迫，但不容造次。

两天之内，重返莫高。我不是走马观花的游客，而是卸甲归田的士兵，当年刀枪入库，马放南山，退隐江湖，而今却一时兴起重返故地，无非是为寻找滴落汗水和鲜血，心心念念的旧战场。

我不是我，是洞窟中的一粒尘埃。或许尘埃上载着我千年前的灵魂粉末。我并未立足于西夏的花砖上，我觉得我在漂浮。洞窟里不能拍照，我也没有相机。确切地说，我带了相机，却把电池忘在北京。但我感激这夸张不可原谅的疏忽，它可能让我自己变成了一架相机。我的光圈，我的快门，我的三脚架，我的观察，让一切的光影与心境，在那一刻就显影并且储存在我自己的脑洞之中。我从机场就开始想她，哦，或许应该说，我从机场才开始想她，但是，此刻，第二次来到莫高，我竟然真的能够见到她，见到她项上的每个珠串，珠串上的每粒宝石。她在敦煌第57窟，在洞窟里，她已住了一千多年。戴着化佛金冠的头颅微微左倾，左手举至肩头位置，若有所思。她的脸周是翠蓝光晕，朱唇轻启，二目低垂，到底是沉醉于心中美景还是观怜众生，但凭想象。她是菩萨，更是美人，她的身姿成像于初唐。见过她的唐人说：菩萨像美如宫娃。在印度不着上衣的菩萨，进入中国之后，终究穿上了单肩吊带，璎珞飘带蔽体之外，还有透明的披帛缠绕双臂。

我心神恍惚。我不知道是否应该逐一翻拍细节。但我放弃了，我的电力只够支持我一直抓拍她的眉目，还有美丽圆融而又苍茫的笑容。我甚至无法尽数描绘她的娉婷身姿，因为词穷，而且我的观看漏洞百出。

阳光斜斜从左侧洞口投来，我呆若木鸡，恋恋不舍。讲解员毫不讶异，笑言常有海外来客，舟车劳顿，到了敦煌，就径直到她面前，静默伫立，凝神观瞧，然后心满意足，翩然离去，好像痴情汉子，只为一个心上人而来。她的背后还有人物，还有菩萨，或许是，但我看不到。在她之外，我的眼忽然盲了，我的目光只聚焦于她，否则就无法领会个中娇美。我不是不想看到其余人物，甚至，这壁画一定包含整个故事，有趣而神奇。但她是太阳，是明媚的发光体，我因而无法注意到其他细碎闪光的行星和卫星，他们只是陪衬。我毫不否认我是差劲的外行，带着巨大的偏见：我的眼睛只为美而来，完全不讲章法，也没有学术考量。我的观看肯定不够敏锐，倒像是从容的偷窥，虽然藏身屏风之后，不被发现，但也不得僭越——只许观看，不许亲昵，所以越努力越空洞。我的心跌落在空旷的峡谷，忽而被风举起，在空中扬帆远航。

奔赴敦煌，是两杯香槟之后的决定。八月，暴雨后的晚餐，猫头鹰先生说要去西北公干，甘肃两个字霎时腾起一股烟尘。兰州离敦煌远吗？你去过敦煌吗？我们去敦煌吧！那天，我们认识整整九年。我们约定，某天，在敦煌会合。

一场旅行的调性在启程的那刻业已决定。甚或，梦的端倪，就在念头飞升的一刻，初具规模。

日复一日直播掣肘，生活于我，转圜余地原本不多。在宁静闲暇的周末下午，别人的朋友圈正大规模发布说走就走的旅行，猫头鹰羡慕不已。说实话，我不爱旅行，只向往某些目的地。时下的旅途充斥着嘈杂混沌，万难尽如人意，而我的金毛，我的院落，我的书，我的咖啡，我的闲暇，足以构成我的欢喜，何必舍近求远。我对日常生活大体满意，不以旅行逃开，不假扮自由，不艳羡美化过的朋友圈晒图。

但，敦煌怎能相同？敦煌，正是向往之地。

出发那天，北京夜幕低垂，星星好像伸手就能摘到。仙草冰茯苓膏一般的天空颜色最适合夜行的侠客，我感觉自己像飞檐走壁的武林高手，几个起落，终于在机场中了埋伏。辽阔的航站楼是草草收拾的战场，昏暗的边沿处横躺竖卧，全是困顿人影。我兵临城下，进退维谷，还未出手，已是残局。现实和想象大相径庭，幸亏我有锦囊。星巴克是陌生尴尬中的庇护所，绿色招牌上，斯堪的那维亚的双尾海妖活络着表情正招引我，我不是骑士而是水手，我要跳入她舒适的怀抱里。几分钟之内，我拥有了一切：放置行李的桌椅，咖啡豆的香气，暖橘色的灯光，大杯黑咖啡，一间只有一个客人的咖啡店，最宜于打开第一个锦囊……

"敦煌道岁屯田，实边粮，余粟转输灵州，漕下黄河，入太原仓，备关中荒年。"《太平广记》里说，关中如果闹饥荒怎么办？要吃敦煌的粮食。那时的地，那时的水，那时的敦煌……出发前几日，我急急从网上下单，订了与敦煌有关的书籍，此时翻开，颇像是敦煌前世的庚帖。你无法想象，荒漠戈壁，竟然是关中救济粮草的补给处。关中，南倚秦岭山脉，渭河从中穿过，物华天宝，金城千里，"田肥美，民殷富，战车万乘，奋击百茂，沃野千里，蓄积多饶"，如此的天府之地，若有饥馑，居然还要吃敦煌的粮草？！世间的繁华与凋敝，原在循环往复之中，从未稍许停歇。

到了西晋，内地战乱频仍，很多世家大族不得安宁，索性大量移民到敦煌，儒家的学者们也跟过来。一下子多了那么多人口，敦煌一座城安置不下，又把不少人迁到酒泉和张掖。就是这一次的庞大移民，世家大族，把传统文化带到了西北边陲的敦煌。他们办私塾，开讲座，儒家文化就此在敦煌盛行。敦煌甚至出过张芝、索靖两位书法家，他们也是移民的后代。《晋书》里面讲过一个故事：自称飞将军李广十六世孙的西凉太祖李暠想把儿子留在敦煌，他告诫儿子："此郡世笃忠厚，人物敦雅，天下全盛时，海内犹称之，况复今日，实是名邦。"一千六百多年前的西晋时代，关外无端矗立一座丰盛的名城，实在令人刮目相看。那时城中豪门是否早已在家中陈设和华美衣着上实现混搭？或许所有的壁画不是演绎，竟是写实。

万顷平田四畔沙，汉朝城垒属蕃家。

歌谣再复归唐国，道舞春风杨柳花。

仕女上梳天宝髻，水流依旧种桑麻。

雄军往往施鼙鼓，斗将徒劳猃狁夸。

我读着锦囊里的小纸条，心有余悸。背负苍老神秘的卷轴，我去茫茫大漠中找寻前世的恋人，带着我颓废的爱情。我们曾经有过约定吗？抑或只是我累世周旋，绕过每一碗孟婆汤，或许她的容颜早已更改，而我胸中仍有热烈的余烬……

旅途还未开始，我已疲倦。一丈厚的前尘卷起，将我湮没。东晋时候，我是男是女？面目是否清秀可喜？我偏爱吟诗作对还是擅长走马舞枪？而今寻根而来，我和我的故土能否彼此相认？航班起飞之前，我已堕入梦乡。四荒八极的往事和毛毯一起将我裹紧，早班航班载着我和我纠结不清的旧梦，朝冰片般的月亮方向飞去。

和敦煌云彩初相识，就在停机坪。我从古旧斑斓的梦中醒来，发现我们好像置身一座操场。院落里孤零零停着一两架飞机，舷梯放下，我们获准穿越时光隧道，缓缓进入魔法世界。新的土地在旧的天空下铺展开来。走出舱门，旋即被云彩惊呆——扯天扯地的锦缎遮住太阳，丝线间隙里闪耀着羽毛纹理——我认得的，那不就是《庄子·逍遥游》里的鲲鹏吗："鹏之背，不知其几千里也。怒而飞，其翼若垂天之云。"难道不是这只怪异的大鸟，环绕旋风上升到九万里的高空，乘着大风飞去，野马般的游气，飞扬的尘埃，不过是它的鼻息。而看上去苍茫的天色，也难说究竟是真正的颜色，还是因为它无边无际……

我假装平静，而实则好像一只被鼓动的风车，眩晕着坐进出租车，回到酒店，耳边全都是呼啸的风声。一路上钟鼎齐鸣，我早被神识的自发考古弄得精疲力竭。我不担心尾生不至，进门就扔掉行李，自顾自蒙头大睡。

"尾生与女子期于梁下，女子不来，水至不去，抱梁柱而死。"尾生故事始于《庄子》，是个古老得不能再古老的爱情故事，尾生也被后人誉为有情有义信守承诺的典范。信如尾生，当然好，不过，那未能如约而至的女生或许有不由分说的道理，她期待的一定是厮守终生的郎君，而非抱柱而死只为履约的痴汉。关于承诺，我更喜欢轻快的一种，比如，在房间倒头酣睡一场之后，和猫头鹰先生在酒店的露台上，就着金色的鸣沙山和云彩吃午餐。玻璃台面上有沙拉、酸奶、白葡萄酒以及云彩的倒影。

为什么干杯呢？为秋天？还是为九年？匹夫匹妇的尘世生活里，每个愿望的达成，都令人欢喜。若在唐朝，水晶玻璃当是比夜光杯更璀璨的存在吧。我们本是世家大族，诗书传家，奈何战事吃紧，戍边屯垦，马革裹尸，身不由己。

> 葡萄美酒夜光杯，欲饮琵琶马上催。
> 醉卧沙场君莫笑，古来征战几人回。

惯于征逐厮杀的将士才更明白饮宴之美：即使马上的乐队弹起琵琶催人出发又怎样？催者自催，饮者自饮，既然决定"醉卧"，管他军令如山！何止"古来征战几人回"，无常岂非人生永恒的宿命？

我的心里有两个敦煌：大漠孤烟直，长河落日圆，莽莽苍苍，一如我们下榻的酒店，庭院装饰完全取材于各色砖石，院落里如蒙上初霜的黑色卵石，让人看了犹生壮士断腕的豪迈之情。然而洞窟之中却满是人间烟火的喧嚣与温暖，虽则洞窟的开凿与壁画塑像的创作原是为演绎佛教而来。

"为什么这壁画里的供养人，家族里的贵夫人们，长相全都一样呢？区别只是服饰不同？"

"因为……"讲解员笑了，"那是她们心中美女的样子啊。"

"可是，"我仍万般不解，"难道她们不想把自己独特的模样留在壁画里吗？"

"不想。她们希望后人认为她们长得就是壁画里的样子，绝代佳人，就好像……今天我们女生拍照，都喜欢用美图秀秀！"

人性的某些矫揉乐趣原来亘古不变，区别只在图像出于不同画工的呕心沥血，还是高科技简捷的一键功能。灵魂穿梭往复，层叠于洞窟中的颜料，累积我们无数张往昔的容颜。各自雕琢盛世美颜，涂抹篡改，也算公平。我哑然失笑，自觉古老的基因在血管内沸腾，周身活络。那么，那位美若宫娃的菩萨呢？娇俏的容颜中又有几分写实，几分演绎？初唐的敦煌是否真有这样一位绝色佳人作为模特？抑或这娇媚面容只是某位虔诚画工的梦中偶得？桑田沧海，而今城中的居民，是否还有绵延千年的世家后人？

我们兴奋不已，又满腹狐疑。洞窟里借着手电光束的神秘观看，令人心旌摇曳，神思飘渺。等到乘上出租车奔鸣沙山而去，才想起忘记把采买的画册纪念品先送回酒店。出租车女司机自告奋勇："我送完你们就顺路把东西放回酒店前台吧。"画册价格不菲，我们素昧平生……眼见猫头鹰迟疑，我抢过话头，忙不迭道谢，下车时把提袋交到她的手中。这一趟旅途，若没几分义气，怎能把相遇变成传奇？

脚趾间窝藏着柔软沙丘的微小粒子，我们在暮色中返回酒店。画册们果然安然无恙。露台上，墨色夜空里，银河在实景演出结束后正悄然登场……万物各安其所，万物不于其所则不安。正如绝美的壁画只应在千多年的洞窟里，而灿烂的星河最适合现身于鸣沙山前的夜空。我说过，这是唯一可能有魔法的都市。

旅行很短，但时光收入保鲜胶囊，封存收藏。此后，每遇晴朗星夜，关于敦煌的一切仍会被投影在我们的秘密幕布，而一瓶冰白葡萄酒总和故事最为相宜。

负伤

四十岁之后，我仍然得以经历人生的很多个"第一次"，比如，第一次使用网银转账，第一次做蛋丝酒，以及，第一次把手烫伤。准确地说，是第一次由自己把自己烫伤。

我人生的第一次烫伤当要追溯到幼儿园时代。当时我们住在爸爸妈妈单位分的宿舍，一个两居室，我们三口住一间较大的带阳台的房子，和邻居一家共用厨房和厕所。在物质匮乏的年代有些特殊美食，它们单纯被用来唤醒味蕾，在家宴上也能勉强凑个数，比如虾片。我妈不喜欢让我吃虾片，理由是没有营养，但我非常喜欢，因为它特殊的香气和酥脆的感觉，会在入口的刹那，让人生出一种巨大的满足感。某天，在我的不断央告下，我妈终于同意炸虾片给我。于是，"悲剧"发生了。时至今日，我已记不清当时为什么奔到厨房围着我妈转悠——大概多半因为馋吧——但我清楚地记得，妈妈拿着筷子一回身，我的手上就忽然一紧，像被电了一下，先麻后疼——那双在油锅里拨拉虾片的筷子啊，挨上了我的手。中指，第三节，迅速鼓起两个长条形状的水泡，和两根筷子的形状一样。我妈显然心疼坏了，我觉得她比我更想放声大哭，而我，凝视着那两个晶莹的水泡，不知道手指为什么会有这样的反应，摸一摸肿胀的皮肤，感觉奇妙无比。那次事件之后，我妈自责不已，虾片的下场也可想而知。自此，在家宴的餐桌上，我和虾片，一别两宽，各生欢喜。

时光荏苒，转眼到了 41 岁的中秋节。

其间，我再也没有被任何人在厨房烫伤过，自己也极少使用厨房。但，不下厨并不意味着你的人生就能免于熨烫了……

写到这里，我掀开右手上的医用纱布，又瞄了一眼那个伤疤。周围已经长出粉嫩的皮肤，伤疤的中心还是鲜艳的红色，好像非常眼熟……像极了那种——咬唇妆。推推身边酣睡的那个人，我得意地宣布："老公老公，你看，我手上的伤疤是心形哒！一颗粉嫩的心！所以，我可以假装这是爱的文身吗？"

猫头鹰先生应邀勉强抬起眼皮，挣扎着打量我三秒，一如往常，无奈地叹气："好啊。"然后翻身睡去。

带着文身的我倚靠在松软的床头继续创作——我时常在睡前把笔记本电脑搬到床上，作废寝忘食状，以弥补白天悠游世界造成的愧疚，至少十几个开头就是以这样的姿态撰写出来的。为什么只有开头？我的灵感中本来包含那些华彩的中间段落和璀璨的结尾……但是，你知道床头写作的艰辛——在和周公斗智斗勇一番之后，灵感们终于溃不成军。又或者那些美好的字句并未消失，他们只是被骁勇剽悍的周公囚禁在某处密室，又或者流离失所，隐姓埋名，正等待着我的解救和召唤。总有一天，我会把他们重新招致麾下的。总有一天。

整理一下背后的靠枕，我认真回想，此前——我是说当我还没有这个爱的文身的时候——种种迹象已经暗示着某种危机，只是，我并没在意。那个下午，我和狗狗一起散步。在惯常要走的路线，以及无数次停留的小水塘边上，淇淇像以往一样四肢摊开，赖在地上不走，我也默契地掏出零食（这是我手中的重要筹码）——我们像每天一样就是否回家以及选择哪条路线的问题谈着条件。两分钟之后，淇淇的态度有所松动，他决定起驾回鸾。然而，就在起身的刹那，他的后脚着地之后又猛然高高抬起，像被什么蜇了一样。我赶紧凑过去，拿过那只后爪：一只蜜蜂掉落在地上，奄奄一息。淇淇是真被蜇了。在爪子的肉垫之间，细嫩的皮肉微微发红。这也是他狗生中的第一次，被蜜蜂蜇到。

我心痛不已，让老爸帮忙看护三脚着地的淇淇，我飞奔回家开车。护驾到家后又是一阵忙乱，先是满屋通缉那支红色包装的澳洲木瓜膏，中间夹杂着和动物医生的微信对答。医生建议用肥皂水先清洗一下，特别强调不要香皂，就用最初级的肥皂，碱性越大越好。我问："那，洗衣皂行吗？"多年老友瞬间懂得我的紧张，聪明如他，便以揶揄来宽慰："行。实在找不到用尿液也行。"我心知肚明："好。我酝酿一下。"微信那头，他已笑喷："别呀，你还是用肥皂吧。

然后涂上药膏，观察一下，只要不过敏，几个小时就完全没事了。"

是的，淇淇的右后脚在当天下午迅速康复。而我的右手，于三周之后中招。

当时，我甚至没有惊叫。看着被灼伤的皮肤，迅速打开水龙头，冲洗，给伤口拍照——这回没有用美颜相机——再发给医生朋友。然后摸出那管木瓜膏，像挤奶油一样，让药膏堆积在伤口上。疼痛在心里激起莫可名状的烦躁。手机铃响，朋友在那头冷静地吩咐：把药膏擦掉。我请教了专家，他看了照片，说是三度烫伤，可以用碘酒，不能涂药膏。和淇淇一样，我在第一时间享受了远程问诊医疗服务，并谨遵医嘱。

那天晚上，我如常参加了家宴，一丝不苟地点菜，谈笑，向服务员借一只充电宝给手机充电，饭前联系了一个采访嘉宾，家宴结束后又按原计划回电台加班录制小说。我觉得自己是个坚强的女战士。没有人纠结伤情的严重以及可能的后果，我自己也不。我甚至在加班间隙还自拍取乐，说灼伤才是世间的大痛苦，而那些失恋的人儿全都是无病呻吟。

那天晚上加班录制小说《第四级火箭》，小说据说是敬献给"为航天事业奋斗终生的父辈们的"。这一天，我正好录到第二十讲，题目叫"苦难重生"。这一讲里，在某个发射前的夜晚，一辆燃料车突然起火。导弹燃料活性大，燃点低，如不及时扑灭，将引发发射场的爆炸，后果不堪设想。千钧一发之际，战士张涛一个箭步冲上前，迅速将身体扑在起火点，用血肉之躯抵挡熊熊燃烧的火焰。大家随后奔涌而上，起火点终于被控制。然而，张涛的衣服沾满了泄漏的燃料，火势完全转移到他的身体上。他像一个裹挟着火球的火人，迅速奔腾跳跃着离开燃料车。远点、远点、再远点。没有人能看清他的表情，没有人能了解他忍着怎样的疼痛。终于他倒在地上，翻滚着，火终于灭了……在这节的最后，当战士张涛用尽全力睁开眼睛，看到导弹安然无恙，他一下子踏实了，甚至觉得自己脸上挂上了淡淡的微笑。他好累，他想好好睡一觉，眼前的光亮一点点消失了，世界一点点被拖入寂静……这个段落我真是噙着泪录完的，情真意切。我仿佛对小战士被烈焰包围时那种撕心裂肺的痛感同身受——好吧，我无法想象那种锥心的痛，但至少能够体会千分之一，或者万分之一。感情和泪水都是真挚的，我保证。但，我又困惑，小说播出时，听众如何分辨我颤抖的声音是源自真情，而非技巧？无论如何，这个夜晚，这个段落，这位伟大的士兵，不仅挽救了共和国的导弹，也让我的创伤和疼痛都显得别有深意。

略去单用左手洗脸以及必须去美发店洗头的种种不便，那段日子，我偏爱白色的衣裙（幸亏衣橱里确有不少），因为白衣似乎可以为手上的白色绷带打掩护，让它看起来不至过于突兀，甚至能够相映成趣。显然，我对着装的感悟又深刻了几分。手上的伤还让朋友圈中潜伏的"真爱"们挺身而出，有在海外提供偏方的，有自告奋勇帮忙买药的，还有一位老同学人在机场，又专程让司机取来她家中珍藏的药膏，速递到我手上，同车抵达的还有两箱美味的水果。当然，还有多得数不清的慰问。所以，这伤口也许是为了郑重提醒：我仍然是那个可爱的人，虽然我不喜热闹和聚会已久，对吗？（好吧，我仿佛能够看到你们脑门上的黑线，如果你们实在受不了，我可以从精神上收回这句话。）

此外，手上的绷带和烫伤的话题还让我和一位陌生的嘉宾迅速熟络起来，因为他也有类似经历，几年前他被滚水烫伤大腿，原因是热水袋突然爆裂——他的经验是，一定不要买廉价水袋。他还说，喝咖啡并不会导致色素在伤口的沉积，所以我可以放开手脚，大喝特喝。

对了，行文到这里，你会不会好奇，我是怎么被烫伤的？嗯，有天晚上，表姐也问了同样的问题。我迟疑了几秒，转念一想，凭我们从小到大的感情，她必定能够了解，于是回答："卷发器。"微信那头，她果然心领神会："什么牌子？好用吗？""德国百灵，特别好用。几乎所有商场专柜都有售。我回家拍给你看。"看看，这就是亲人，直击重点，绝不把时间和精力浪费在无谓的冷嘲热讽上。在我们家，对于美的追求，不光持之以恒，而且严肃认真。

我相信，写文章的此刻，表姐也已经有了一头由自己打理的完美卷发。而且，对于卷发器，她一定会非常小心的。

这就是生活，对吗？

距离

这柿子长得太密了，会生虫的。是不是舍不得摘呀？

为什么生虫？

不透风的地方就容易生虫。

今年柿子树结了很多果。最诡异的是，百分之八十的果实都结在同一根树杈上。果实日渐饱满，枝条早被压弯。因为担心树枝不堪重负，我们找来竹竿捆扎支撑。

"刘工，这树是不是傻呀，它自己能禁得住多少果子，自己不知道吗？"

其实，我的问题才傻，而这已经不是我的头一个傻问题。刘工笑而不答，旁边几个一起来干活的师傅随即指出，另外两棵果实累累的海棠树似乎也生了同样的"傻病"。

每次园丁师傅来我家，只要有空，我总喜欢看他们不紧不慢地干活，顺便有一搭无一搭地问些傻问题。修枝剪叶、挖坑种树、接线安灯，这些活计对心灵手巧的师傅都不是事儿，但我的问题有可能总让他们犯难。怎么和一个没有丝毫农艺基础的人交流呢？而且因为口音问题，有时需要反复解释几次才能让我听明白……我私下认为，不是院子里的工作，而是千奇百怪的问题，才让园丁师傅们满头大汗的。

习惯和泥土、自然打交道的人充满朴实的智慧。对于万物生长规律理所当然的信仰让他们在面对未来时充满了笃定，安之若素的态度令人着迷。刘工随手摘下一些柿子，"你看，需要离开点儿距离。"

但是，多远的距离才算是合格的呢？其实，不只是果实，所有的植物都需要空隙。当然，和果树一样贪恋成功的还有人类，我们就是不明白，若不做取舍，最初的果实也会成为最后的灾难。

在熙来攘往的大城市，绿篱树种市场广阔，比如各类黄杨女贞，它们被成片种植，成片修剪，不被注意，也没危险，好像写字楼里的小白领。鳞次栉比的楼宇里，上下班或午休时分，常见面目相似的年轻人成群结队地吃饭、散步，或挨挤在电梯里，身着职业套装，脸上毫无表情。我禁不住猜想：这真是他们想要的生活吗？

其实，不断有人勇敢地出走。二愣就是一个。

一个从北京农家走出的孩子，考上顶尖的大学，又读了研究生，辗转而至梦想中的投资咨询机构。他说，小时候，他家是外来户，父母都是老实巴交的庄户人，对姐弟俩的要求就是，必须考出去。从此，如果考试考差了妈妈就会哭，因为不想看她哭，所以一直好好学习。后来，姐姐读到博士，弟弟读到研究生，一双儿女显然是妈妈极大的骄傲。

转眼，产业投资分析师已经做了三年，他也为乡下的父母挣足了脸面。按照父母的期待，该结婚生子了。女朋友是现成的，青梅竹马，感情甚笃。城里的房子也买了，60平（方）米，办的按揭。可是，一眼望到头的生活，为什么总让人惶恐不安，心有不甘呢？投资分析师的血管里奔涌着对家乡的热爱和对现状的不满。后面的二三十年人生，就要一直这样在钢筋水泥的丛林里行走吗？每天参加不喜欢的交际、应酬？一直旁观同事在电梯里和老板对答如流，自己却手足无措？也许逼仄的办公室里无休止的会议加班，让他怀想儿时夜晚的繁星满天，也许办公室政治的无谓缠斗以及不断恶化的城市交通都到了令人难以忍受的程度……总之，生活的所谓光鲜抵不过内心的溃败，以至，有那么一天，这样的安稳，他随手就扔掉了。

辞职回乡，也许也不算太艰难，因为那里有爱人、有故土，还有熟悉的生活和朴实的希望。二愣说，他五岁时就会拉着碾子去地里帮忙了，掯肥、拔苗、抖搂花生，这些农活儿他都干过，虽然当时总想偷懒，可是和每天应付无趣又诡谲的办公室政治相比，倒也不算太累。

憨实的老乡们可不管那套，当面一通抢白："你怎么想的？在市里上班多好，回来干这个，可惜了！"在乡亲们心中，面朝黄土背朝天，一年到头靠天吃饭的农活最不好侍弄，都念到研究生了倒要回头受这份儿苦，这孩子一定是哪根筋搭错了，说不准就是书读得太多，脑子傻了。

这样尴尬的问话多半发生在他和爱人骑着电动车去田间地头拉菜的时候。在爱人心里，先生是位大英雄，英雄的决策自然都是对的。而此时，英雄老公自知无法说服乡亲，就在一旁呵呵傻笑。私下里，他的账是这样算的：市场上的有机蔬菜动辄二三十元一斤，我们的菜可便宜得多，每月除了还房贷，我们能挣回菜钱就行。先试验两三年，不行再说。

夫妻两人的"团队"在一年以后变成了九个人，然后是十四五个，然后是二十几人，现在已经有四十多个小伙伴了。今天早上，见他的朋友圈又贴出招聘启事：创始团队是一帮80后，44人，氛围融洽，这里没有老板or上下级，只有一群年轻人聚在一起做有价值的事情！

看着"这里没有老板or上下级"一句，我差点儿笑出声儿来：创作文案时，想必那写字楼电梯间里压抑的一幕一幕又尽数在二愣眼前闪回了一遍……落下病根儿了。

我估算，当我早起喝第一杯咖啡的时候，这群年轻人中的"产品设计师"已经从晨雾初散的田里摘回了新鲜的蔬菜水果，这项工作叫作甜度测评。当然，和泥土以及农民打交道的事业远不止吃吃喝喝、写写测评报告那么简单。二愣想把家乡的好东西推广给外面的世界。比如小时候常吃的有西红柿味道的西红柿，有黄瓜味道的黄瓜，有茄子味道的茄子……他宣称：我们和在写字楼里做电商的那些农产品供应商可不一样，我们就扎根在农村。其实，曾经有一阵子，他在聚会上喝过一瓶啤酒，就会在同学面前痛哭失声，还有时白天给团队拼命打气，而夜晚却一个人辗转难眠。但是，那些最最艰难的日子，总算成为过去。

二愣说，做农产品不一样，因为每天不只为自己，也为爷爷奶奶、叔叔伯伯、婶子大娘而努力，为让他们能一直延续传统，种好菜，也按好的方式种菜，还能过上体面的生活。所以，每个微小的进步都足以制造巨大的幸福。

二愣是我的嘉宾，一个青年创业者。但我觉得他更像个哲学家。这哪里是在还原食物本来的味道，分明是在还原生活本来的味道。中国五千年沧海桑田，但农业进展自有规律，这规律和生命相关，这规律是：慢一点比较快。也只有从小和泥土打过交道而又深深热爱这片土地的人，才能懂得这些吧？

如果一株田野里沐浴阳光恣意生长的大树不小心被移植到城市，某小区，脚下一码一码延展过来的柏油路和地砖，隔绝了雨水和空气，就连阳光也被大厦挡住了半边，这种际遇，任谁也会生出万般不快吧。可是，如果你是这棵树，你能打定主意，像二愣一样完成回到田野的使命吗？甚至，你知道你的田野在哪儿吗？

三十岁以后，我已非常确定自己不是行道树，因为我拒绝被修剪成和别人一样的形状。我也当不了绿篱，和同伴日夜地摩肩接踵，不消几天就会让我彻底枯萎。我猜，我大概是非洲草原上的一棵……猴面包树。猴面包树树冠巨大，树杈千奇百怪，树形壮观，甘甜多汁的果实有足球那么大，是猴子、猩猩、大象最喜欢的食物。所以，四十岁时，我在想办法回到我的"草原"。

在托斯卡纳，意大利古老农谚中有关于橄榄树种植密度的描述，他们使用大自然的标尺去丈量，比如，枝桠之间需要容得下一只飞鸟展翅穿过……而在热带稀树草原，稀疏孤立的乔木往往有更加广阔的伸展空间。

显然，不同的树种决定了相宜的土地和距离。你，有没有想过，自己到底是哪一种树呢？

第一课

　　九月，天空晴朗着。渐起的风挥动扫帚，追赶着闲逛的云。云彩索性披散发丝衣衫，一路聚散离合。抬眼时，天上忽而闲花照水，忽而兵荒马乱。不容混淆的金属色秋天即在晨昏里暗自生长。又一批新晋小学生迈入学堂。我不由揣度，他们的学子生涯，他们的人生第一课，将以怎样的面目开场？

　　电视里的第一课往往由某位成功人士开讲，他们对于镜头极度熟稔，华美的服装包裹着舞台腔的动作表情，在观众眼前大刺刺地幽默着，述说自己的成功和血泪。但，这样的演出，只关乎收视，与启蒙何干？

　　我们也曾有过柔软美好的开始吧。端详"民国老课本"，简练生动的黑白插图上面，圆融的颜体字分明写着：小狗小，小狗好，看见小宝宝，尾巴摇几摇。这是第3课，课文的题目就叫《小狗好》。这才算与人生有关的启蒙。

无论何时，有意寻找或无意邂逅，民国老课本总能让我忘却眼前的庸常工作。在时间的缝隙里，三十年前的卷轴悠然展开，尘埃抖落，透亮着斑斓的光彩。

也会想起六岁那年，我的第一次开学。一切都是新奇的。同学、校园、转亭、转伞、滑梯、枣树、礼堂、图书馆、音乐教室、风琴、常识教室、动物标本……我们端坐教室，任凭拘谨、忐忑和兴奋的细浪，轮番拍打着小小心脏。黑板上方"勤奋、文明、健美"的校训站在雪白的墙上和我们彼此打量。

九月的校园，最令人期待的重头戏是分水果。枣和葡萄是校园的特产，累累果实被分装在桶里，提回教室。到手的一小串葡萄和着老师轻柔而庄重的语声，三十年不忘：园丁韩爷爷很辛苦，要尊重爷爷，爱惜校园的一草一木。自此，班上最调皮的男生也会在放学经过葡萄架时恭敬站定，说过韩爷爷再见，才转身旋风一般卷过操场，继续捣蛋。韩爷爷是位乡下老者，永远戴一顶蓝色帽子，安静地照料着校园里的植物，只有当浇花的橡胶管偶尔成为男生战斗的水枪，他才假装愠怒地呵斥一声。每年九月，初入校园的"小豆包"们总会分到最多果实，这也是传统。玫瑰香葡萄并非奇珍，珍贵的是那种惦念、尊重和爱护。初来乍到，人地生疏，喜悦已在心里萌芽。

中院的回廊挂着面大镜子，校友馈赠，学名整容镜。老师叮嘱，每天路过镜子，要记得理好衣装。那是一个物质匮乏的年代，以至于电熨斗尚不是家庭必备。但仍然可以用大号的搪瓷缸子装上热水，把衣服、领巾熨烫服帖。最低限度，也该把洗后晒干的衣服仔细叠好，压在枕头下，让它平展一些。老师说，仪表整洁得体，是起码的教养。

从汉语拼音，古诗绝句，到段落大意，当年所有的习题和标准答案都已在流年中失散。四十岁时，关于开学，我竟然只记得这些琐屑的生活细节……此刻，不觉失笑。岁月如歌，又或者只有这些细节，才是最初与最终的人生要义，而推己及人的爱和尊重则是与生命和解的唯一答案。

时至今日，即使远隔重洋，我依然确信，那些青梅竹马的我的同窗们，纵使岁月艰难粗砺，揉碎了当初的梦想，他们依然永远不会轻慢任何一位园丁或清洁工人，他们还会善待动物，绝不以其他生命的痛苦取乐。当然，他们也永远不会轻慢了自己。因为青砖房红木楼中的第一课，早教会我们真正的骄傲和勇敢。

我的小学是一所古老的学校。它建成于 1912 年 9 月 5 日，至今已逾百岁。多年以后，我才明白学校古朴的建筑和传统中，那种笃定和淡然，或许就是民国范儿。

生活中总有凌厉的猛兽，从黑暗的转角迅猛蹿出，嘶吼着，恫吓着，希冀你不顾精神魂魄，落荒而逃。而孩子对未来是无知无惑的，也不知该培育什么样的能力来应对世事。常常，因缘于某种有情或无情的存在，他们才无意中储备了某种潜能。而总有一天，无论准备是否万全，他们终将与宿命迎头相对。

所以，该怎样告诉他人生的面貌呢？若是我，在战争胜利的纪念日子，我愿带他以他能够懂得的方式重温历史，感谢浴血奋战为国捐躯的每一位勇士，尊重历史，默祷和平。我不愿让他在尚不及分辨善良，珍重生命的年纪，便急于因他所不了解的胜利而弹冠相庆，那样狂妄轻薄。

或许我会翻开这一课：一犬伤足，卧于地上，一犬见之，守其旁不去。课文的名字叫《爱同类》。让我们的学习从爱而不是怨恨开始。因为有着正常美好人类感知和性情的人，他的爱和愤怒，他的家国大义，才会真正对自己、对他人、对国家有益。

九月，有些人在秋凉中收获，有些事在秋凉中开始。天空不让人担心地一直蓝着，阳光动不动就好脾气地照耀一天。总有些时刻，我们更灵敏地感觉到光阴的脚步，年华易老，老的愈老，年轻的也要老。生活早已让我们改变了千万个脸孔心性，但总有些东西是恒常不变的吧，它们应该被永久珍重。

城南旧事

对我而言，"白露"的印象总是有关学校。所有的毕业之后，九月对我不再有特别的意义。事实上，九月五日是我人生第一所学校的校庆日。我的母校在城南，从奶奶家所在的小六部口胡同沿新华街一路向南，越过前三门大街，经过全聚德烤鸭店以及南河沿胡同继续向南，就到了那部著名老电影《城南旧事》的拍摄地：北京第一实验小学。

那是一所好学校，好到什么程度呢？当年的我就知道总有其他同龄孩子的母亲在当面艳羡赞叹，而背后忿忿——她们觉得自己的孩子也好生聪明伶俐，为什么单只是那个小胖丫头考上了名校呢？是的，在1981年，重点小学是要考的，而且是全市范围内报名的孩子一起赶考。好在我并不清楚地知道什么叫竞争，只觉得这座古朴的院子里，值周生哥哥姐姐亲切温暖，老师也和蔼极了，于是当下就喜欢上这里。我唱歌跳舞，做游园会一样的答题，以及在考试的末尾复述了我们一进考场最先听到的一个故事。有一位个子不高、圆脸、戴帽子的老师似乎特别喜欢这个小胖丫头，考试结束，他一把把小丫头抱出考场，亲手交还给焦急等候的父母。后来，我才知道，他是教务处的霍主任。

录取通知书是寄到奶奶家的，邮递员来时我正套着两层裙子和表姐在里屋的床上扮演古装仕女。事实上，邮递员喊出名字的时候，我就知道：通知书来了，我考上了。但我还是不动声色，继续假扮声光交汇处的名伶，和我姐咿咿呀呀地胡乱唱着，心里藏满了欢喜。

我的学生生涯开始时便有些恍惚，说来倒和我以后的人生表现相当一致。第一学期的第一个周末，我就忘了语文作业：到底有没有留书面的？是不是要交老师？我从小就是沉默的女生，但这并不妨碍我有繁华的内心世界，以至于一个人神游时经常听不清别人的话，甚至不知道别人到底有没有说话……那是一个远没有高度互联的年代，普通人家连电话都没有，更不必说微信了。姑姑急中生智，想起他同学说起过院里也有个一年级的小豆包，也是实验一小的，可以带我去问问。我还记得姑姑领着我站在东安福胡同一座院落的门口，我看着一群游戏的孩子，然后认出和我同班的那个男生。姑姑把他叫过来，他正玩儿得开心，有点儿不耐烦地告诉我，没有作业，然后满头大汗地继续跑去疯玩儿。而我，觉得卸掉了重担，心里无比轻松。不知为什么，那个九月的晴朗下午，定格得那么清晰：油漆斑驳的院门，门墩的样式和奶奶家的不一样……我不知道在那一刻，是否电报大楼正好敲响某个整点的钟声，很可能是吧，因为在我的童年记忆里，那首《东方红》是多数故事情节的背景音乐。

我觉得我的一年级是近乎完美的，在一座盛得下历史和梦幻的古朴校园。很难想象，学生生涯如何能有更好的开始。

多年以后，我执意买下一张餐桌当书桌，仅仅因为，它的纹理、颜色和质感，像极了小学阅览室的长桌。不能重返童年，于是复制布景。搬家时丢掉了不少东西，但那张桌子一直带着。或许因为关于它的回忆恰如滤镜，修补了记忆和现实的裂隙，我于是能在翻天覆地的城市一隅继续安之若素。如果所有有形的东西都失去，譬如房子、院落、胡同和栽着国槐的街道……我们该用什么来怀想曾经的岁月呢？

我的幸运在于，我的校园还在。偶尔开车经过，和人说起，像是喃喃自语：中院有图书馆和阅览室，和它们并排的是音乐教室和自然教室。

自然教室里有动物标本，墙上挂着科学家们的画像。牛顿、哥白尼、伽利略和竺可桢……二年级的那个九月，赶上教室整修，我们班挪到自然教室上了半学期课。书包放在桌子上，写作业和答卷时，坐在两边的同学就会面对面。这因陋就简的设计，却让我们开发出无穷乐趣，上学，因而变成了某种意义的探险。自此，牛顿的大波浪发型一直萦绕不去，当然，隔壁教室里，贝多芬的狂乱发型也是关于音乐课难以磨灭的印象。

其实，二年级的九月，校园里还发生了一件事。一棵槐树，死了。

前院影壁墙前，体操台两侧，各有一棵槐树。其中之一，在新学期开始时，死掉了。暑假里，学校下过一场雪——当然，是假的雪。《城南旧事》摄制组到学校取景，在当年，这也算城中一桩盛事。彼时，我的母校刚刚度过七十岁生日——而今，她早已超过百岁——而我和我的同学们即将迎来人生中第一个货真价实的暑假。伴随着期末考试的结束和悠长暑假的到来，我们的聒噪升级，课间操时间也忍不住交头接耳：那几个奇怪的人爬到领操台（其实就是个水泥乒乓球台）旁边的树上干吗呢？是啊！你看，他们还拿竹竿把树叶打掉，老师也不管！午休过后，这群人开始往光秃秃的树上粘棉花，一条一条……老师提醒我们专心上课，不要东张西望。等到放学时大家跑去围观，才发现校园的那个角落，已经依稀看出雪后的模样。原来，这就是拍电影啊。

后来，我在电影院看过那部电影，似懂非懂。再后来，在漫长的岁月里每次看都有不一样的感觉，也渐渐能够体会画面的美好精当。但在我的心里，始终盛了些怨怼——拍再好的电影，也不应该牺牲那棵槐树啊，那可是我的梦幻校园的一部分啊。园丁韩爷爷一定会伤心的吧，他可是每天好像照看孙子孙女一样把校园里的植物养得那么活泼茁壮啊。我们也很难过，跳皮筋时仰头看见的不再是浓密的绿荫，"坏拆"的一方也不能躲在树下乘凉了。当然，《城南旧事》还是一部经典的好电影，除了，它谋杀了一棵美丽的槐树。

童年是硬盘里未经分类整理的图片，我的存储或删除也都毫无道理。譬如，二年级开学，当班级拥有光荣册的时候，给我留下深刻印象的竟然是套在光荣册外的那个塑料袋。在物质尚不丰富的年代，轻薄得能在空中飘舞半天的塑料袋也是稀罕物。多风的秋天，一个迎风鼓胀的塑料袋竟能像热气球一样悬停半空，怎不让人啧啧称奇。常识老师带领高年级同学放飞孔明灯固然令人艳羡，但我们至少有这个……会飞的塑料袋了。年少时，幻想让我们富有。

多年以后回想，那个把玩塑料袋的年纪每每令人失笑。但世事无常，建筑在一个塑料袋上的幸福往往极其脆弱。某个狂风大作的下午，乐极生悲——那个塑料袋，就在我们的眼前，忽忽悠悠，飞走了。班集体的财产啊！光荣册的一部分！而且……那么特别的一个塑料袋，还那么好玩儿！说走就走可还行？！根据事发时的风向，我们几乎可以断定，这家伙是越狱到了一墙之隔的另一座校园。那是我们几年后的奋斗目标——师大附中。务必擒拿归案！

我们一干人等于是色厉内荏地杀奔附中。沿着校园曲折的围墙绕道塑料袋越狱处，只见几个比我们高大许多的男生正在乒乓球案子旁研究这个从天而降的袋子。其中一个人，还把它顶在头上，好像主厨的高帽。我们踟蹰不前，担心人高马大的他们会侵吞我们的班级财产。犹疑间，一个瘦瘦的女生上前正色道：大哥哥们，这是我们班的塑料袋，保护光荣册用的。还给我们吧。她是小叶子，家住帘子胡同，是我放学路上的小伙伴之一，也是我们班的宣传委员。"对啊，还给我们吧。"我们帮腔，显出事关重大的严肃。"主厨"意犹未尽，不肯就此结束表演，正欲装模作样为难我们，他身后一个同伴劈手夺下"高帽"，交还小叶子。悬着的心放下了，我们一行人押解着塑料袋昂然班师。

而今小叶子远在北美定居，有两个在美国出生的高大俊朗的儿子，而且完全不记得当年的"光荣册塑料袋事件"。但为什么这段影像却始终萦绕在我的脑海，如电光火石一般？我无法解释。而且每遇大风天气，仍有当年的风声和尘土，飞舞在眼前……

我还记得动物角里的长毛兔，操场上放飞的竹蜻蜓，还记得每次看电影时，卫生室刘老师总会给每人发一个小纸袋，里面装着两粒含片……

最伟大的"逃课"事件也是念念不忘的主题。当时，我已经六年级，虽然学校从不利用假期补课，但我们还是明显地感觉到课业负担——虽然，这些所谓压力待回望时早就云淡风轻，不值一提。我们班主任是位年轻女士，身材高挑，头发及肩，走起路来，发梢在脑后飘啊飘的，非常帅气。她的数学课也讲得极好。有位朝气蓬勃引人注目的班主任，显然也是我们的骄傲。一个女生在篮球比赛上摔了跟头，嗑掉一小块门牙，她忧心忡忡：会不会影响以后谈恋爱啊？要是那样，你回来找我，咱们一起想办法！彼时，她还没有结婚，却在担心十一二岁的小女生。不过，她生起气来也很吓人，眼皮低垂，面沉似水："多大的人了，我都不爱说你们，给你们留面子，一点儿都不自觉……"于是，再淘气的男生也变乖了——大男人，被女生说，可不是很没面子。我们每个人爱她的理由是不同的，不过，要说共同的理由，那次逃课，绝对算是一个。

雪花纷纷扬扬地飘散在期末考前的校园。这场从头天夜里开始的雪，已经让不少同学迟到，还有人一进大门就在操场上打出溜，从前院一路滑到后院；那些故意摔跟头的男生，不过是为了滚上一身蓬松的雪屑……空气冷冽湿润，笑声比平日多了几倍，可惜，课间休息总是太短，我们气喘吁吁地跑回教室，意犹未尽。上午第三、四节课是数学——为了方便模拟测验，语文数学已经大多改为连堂——寿老师高高的身影从窗外闪过，木质楼板上飘散开一串轻盈的脚步声。稍微年长的语文帅老师修长的身影也出现在门口。

一进门，她脸上就挂着不寻常的笑容：想不想打雪仗？

想！

她笑意更浓：两节数学课不上了，咱们去陶然亭打雪仗！

跺脚、欢呼瞬间要把屋顶掀翻，她佯装愠怒，对着沸腾的教室做出安静的动作，但脸上却涨起兴奋的红晕。五分钟后，一哨人马，把自己包裹严实，书包留在教室，静悄悄地撤出了教学楼，又撤出校园，直到在围墙外的马路上才爆发出一阵欢腾。寿老师和帅老师戴着毛线帽围巾笑着和我们一起攥雪球打雪仗的样子，随着纷纷飘落的时光，堆积成最温暖的回忆。

是的，在六年级，作为毕业班，我们在两位老师的率领下，集体逃课去公园打雪仗了。也许，在一切的教学大纲之外，这才是我的小学给我的最好课程：无论人生中面临怎样的大目标，不要浪费老天爷赐予的那些闪闪发光的小礼物。你若不懂享受时光，又如何能体会幸福的况味呢？

所谓幸运

九月一个周二傍晚，单位附近的餐厅。乔和我决定喝一杯，为庆祝她成功赢得自由工作的时间。我点了特基拉日出，两杯。隐隐掀动裙裾的秋风里，渐变的石榴色酒体在玻璃杯中，适得温暖人心。

乔不胜酒力，才只半杯，脸颊就已飞上红晕。我猜调酒师一定把两份特基拉都做到了她的酒杯里，因为我除了解渴，似乎没尝到一点酒精，冰凉的液体下肚，头脑愈发清醒，于是吵着要再来一杯。就在此时，琳琅的背景音乐中，乔问我：你觉得自己是个幸运的人吗？

我怔了一下。幸运？沉吟半晌，我据实相告：真没想过这个问题。好像也没觉得。她粲然一笑，告诉我她觉得自己是个幸运的人，好像从小受到老天眷顾，每每千钧一发，总有贵人襄助，渡过难关……服务生又送来我的超级莫西多，我边喝边看着她，陷入沉思。

和乔是超过十年的朋友了。初初相识，是由一位女作家介绍。

奇怪的是，那位女作家似乎在介绍我们认识之后就彻底消失了。当然，后来，我们都看过她的作品，和由她编写的电视剧集，热门得一塌糊涂。但是，对我们而言，她最值得感激的始终是创造了我们的友谊。十年前，乔只身来到北京，把前夫和儿子留在故乡。一个三十岁的乖乖女，毅然离婚，又毅然想在北京立足，离经叛道，谈何容易。我们的第一次长谈在某个深秋的午后，阳光灿烂，黄叶漫卷，街角那家星巴克还在，我买了两杯拿铁外带，一边暖手，一边闲聊。最终，我们在日坛公园一条僻静的长椅上坐下，阳光暖暖地晒在背上，周围环绕着闹哄哄飞来飞去的灰喜鹊家族……即使是在那个友谊慢慢滋生的慵懒下午，我依然记得她眉梢眼角有淡淡的忧伤。

我啜了一口酒，把自己从往事中拽了回来。我们都老了十岁。街角的店面从星巴克一路换下去，走马灯一般，目前立足的是某自助银行。十年，给城市和人生以及皮肤都留下显而易见的痕迹，好在橘色的灯光朦胧暧昧，灯影中的两个女人依然得以巧笑倩兮。

乔刚刚送儿子去海外读书，也不再为是否继续一个人生活而困扰。旅行，创业，自然醒之后去公园晨跑，读书，泡茶，会友……心无挂碍的笑容是一切幸福的注脚吧。

第二天中午，我收到乔的微信：我今天上午没去上班，现在出来参加个发布会。不用坐班真好，我还去跑了五公里，阳光明媚。跑完，还在小公园发呆了一会儿，告诉自己，这才是我想要的状态。

一些片段在我眼前闪回：一个女生，在苦撑了很久之后，把儿子送回家乡，一个人怅然回到公寓，打扫卫生时，居然在闲置的橱柜里发现一只干枯如木乃伊般的死老鼠，木乃伊成了那根摧毁性的稻草，她的情绪瞬间崩溃，坐在地上痛哭失声……前夫酒醉后经常打来骚扰电话，坚称她来北京是为了某个莫须有的汉子，于是，一个温柔的女生常常需要在寂静的午夜应对汹涌而来的斥责和羞辱……

这是同一个女人吧？一个非常幸运的女人。那些幽暗曲折，走不出便是灾难，一旦走过，便成为连绵不绝的古战场，戎马倥偬不过是旧时风景。每一个人到中年仍有纯真微笑的女人都是战士。

当晚，结束工作，感觉终能从一大堆困扰的人生问题中全身而退。虽杀敌三千，但亦自损八百。在温泉池中舒展因长时间录音而僵硬的身体，乔的那个问题从听众深深浅浅的困扰里探出头来："亲爱的，你觉得自己是个幸运的人吗？"

我是吗？安慰别人要尽力处理爱情伤痛以获得成长的时候，我总是不禁自问：你自己的伤痛都处理好了吗？够格去做建议吗？

这个晚上，伴随着这个问题，一些年轻的面孔浮现脑海：一个自己也才刚刚拿到驾照的男生在尚不甚拥挤的晚高峰，帮我把切诺基开回家里，停车入位，我知道他也惊慌得汗流浃背，只是故作镇定。而那车，其实是叔叔借给我练手的，所以我必须参着胆子开回来——当时，我还没有自己的车。北京某次著名的灾害性暴雨天气之后，一条短信发来：你，还好吧？细细观瞧，发现那是一个久已淡出生活的号码：一个曾经吸引我、刺痛我、挽回我，又最终让我有些歉意的号码。所有的分分合合早成前尘往事。"我很好。你呢？""我在维也纳，新闻里说北京下了大雨，很多地方被淹，担心你。"还有一个在雨天等在楼道里约我去吃火锅，然后在饭桌上欲言又止的男生。"你有男朋友吗？""没有啊，怎么，你要给我介绍？""嗯，我知道一个人，挺合适的。""噢？谁啊？干吗的？""……远在天边，近在眼前。"然后迎着我不解的目光，他说："就是我。"哇呜，他竟然没有女朋友？！我的心里一个狂喜的声音在尖叫：印象中，这个男生从小学时候就深得女生欢心，他何曾当真"单身"过呢……而且，做了这么久的好朋友，他竟然想要涉险把我们的关系发展成……男女朋友？这简直……太赞了！

年轻的生命里从来不缺少多情的段落，在某个时期，荷尔蒙对行动的指导作用甚至远胜其他。但是，如果那些你曾经默默喜欢过的对象，最终一一向你告白（虽然，遗憾的是，并不是在合适的时机），这些证据，是不是已经够格让你获评为一个幸运的人了，在你内心召开的小型听证会上？反正，我的"听证会"上，评审们做出了这个决议。

无论以怎样的观点，在爱中，总有两件事令人非常愉快：其一，你暗恋的人原来也喜欢你；其二，当初离开的那个人竟然又回头来找你——相信我，绝对不要答应复合，但是，不可否认，这个结果本身非常疗愈。

所以，这，应当是一种幸运吧？当你的伤口并不致命，而某天它又奇迹般地被施以解药——最好的结果是，甚至连一道疤痕都不会留下，一切宛若新生。如此疗愈究竟所为何事？难道只是因为我们够特别？还是免费提供一些佐餐谈资，让谈笑风生可以持续，然后像哲学家一样淡淡地总结：事情到最后总是会变好，如果没有变好时，就说明还没到最后……还好，我在人生的多数时候尚算清醒，自知身为凡人，并不会误会自己是宇宙之王或者万人迷本尊。真相是，剧情不可能只为闲聊而反转。所以，截至目前，我的结论是：那些让你完好如初的疗愈，不过是一种课程，而你获得的奖学金也非毫无条件。这条件或许是：你需要帮助更多的人，也许很少去治愈，但要经常去关心，而且总是去安慰……广播里的问答，人生中的相遇，莫不如此。关于力量新生的秘诀，若你知晓，请一定尽数告诉他人，假如他们也能在泼墨的天空中，挣脱出一缕阳光来，则世间无比多情。

"亲爱的，"那晚，站在微冷的风里，我给乔发了一条语音，"我认真想了你的问题，我觉得，我也是个幸运的人。"

立刻，回复来了，乔在那头咯咯笑着："当然，亲爱的。我早就知道。"

爱的文身

——写给亲爱的金毛君刘淇淇

我想要个文身。这个念头曾经屡次举手，屡遭否决。人生无非单枪匹马，仗剑天涯，没什么东西一定要随身携带。可是这一次，我决定，无论如何，要带上你。

这个秋天，就去文身。也许就文上这串数字：0627。这能代表你吗，一个敏感、顽固而又温柔的巨蟹座灵魂。

6月27日，你的生日。这一次，没有你最爱的蛋糕和烤鸭，只有一大束勿忘我，我将这捧紫色堆在你的跟前。没什么事情值得庆祝，没有你的未来也根本不值得期待。我意兴阑珊，虽然耐心有限，好在勇气倍增，所以常能对讨厌的人和事直接说不。生命短暂，不该浪费时间——这是不是你对我最后的提点？

傍晚时分，左上臂一阵酸麻，伤痛的巨浪由左心房席卷而来，惊涛拍岸，湿透衣衫。我片刻无法停留，抓起钥匙，冲出家门。

　　燠热的白天即将燃尽，余烬里，闪电正向夏夜的黑色臂膀注入火焰，国贸桥上方，雷神的血管在燃烧。耀白的电光透过风挡玻璃，照亮我的双眼。我再次被思念击中，泪如雨下。耳边，那个念白一般的女声在唱：

　　如果没有遇见你，我将会是在哪里？

　　日子过得怎么样？人生是否要珍惜？

　　……

　　如果有那么一天，你说即将要离去，

　　我会迷失我自己，走入无边人海里。

　　任时光匆匆流去我只在乎你，心甘情愿感染你的气息。

　　人生几何能够得到知己，失去生命的力量也不可惜。

　　所以我求求你，别让我离开你，除了你我不能感到一丝丝情意……

痛若锥心，无人能解。眼泪不能抑止，思念难以收场，而我无处可逃。最终，在熟悉的停车场，汽车引擎关闭，悲伤轰然开启。

我讨厌被人看到流泪的样子，任何人都不行，除了你和Happy。最近我已屡次在她面前痛哭失声，她总是先用乌溜溜地大眼睛盯着我，一瞬不瞬，然后默默趴在地上，下巴搭上前爪，阖上双眼，再不理我。或许她的心中也有不可言说的伤痛和怀念吧。Happy温驯乖巧，但从来不如你敏感细致，关切我最微小的情绪和表达。记得你刚回家那年，有个晚上，我发神经地哭，而小小的你竟然闻声从客厅走来书房，扑进我的怀里，褐色的眼睛就那样温柔而坚定地看我。我摸你毛茸茸的脑袋，心中的酸楚渐渐化为无限安慰。那时，你才不到半岁。

那时我们还常常玩一种躲猫猫游戏，我下班回家，你藏身书房，就躲在飘窗的窗帘后面，前爪搭上窗台，一声不吭。我在整座房子里找你，假装着急地喊你的名字，然后一间一间，直到钻进书房。你还是不出声，也不转身看我，但那条大尾巴出卖了你，我眼见它不由自主欢快摆动起来。

拔河游戏里你总要赖，如果不能取胜，你就不断以牙齿推进领地，直到我无处抓握，拱手让出玩具。我还要大声夸奖：淇淇真棒，淇淇又赢了！于是你和我都欢天喜地。

淇淇这名字是我老爸你姥爷起的，当年我待字闺中，要领你回家，必须争取姥爷支持，所以，我忍痛让出了命名权。本来我已想好一个名字：seven，你生日的尾数，我喜欢的数字。可是，既然姥爷说叫淇淇，也就只好如此了——人生狗生，谁能少了妥协。不过，淇淇，77，仍是谐音，命运幽微奇巧。我的车牌，仍是你的名字。

在原先的家里，我心中最宁静美好的时刻是某个春天的夜晚。做完一天工作，而次日无直播，我蜷在沙发上，温柔的夜风从阳台的窗户吹来，鼓动白色的纱帘。而你，也跳上沙发，在我身旁，专注地看着电视。当时，电视里正播侯宝林大师的相声专辑，你专注聆听，令我讶异不已。"听相声"被发现，你的眼中先是飘过一丝不易觉察的羞赧，然后开始假装漫不经心。

我不喜欢宠物犬这个说法，伴侣犬也不确切。你不是宠物，不是伙伴，你是我的向导。你来之前，我在黑夜里走了很久，有时开心，有时幽怨。然后你来，于是后面的岁月尽数由你做主，而我，只是无比信赖地跟随，从曲折幽深的巷道到开阔平坦的草原，一切听你安排。就像每次的散步路线都是你来决定——你是傲娇的公子，而我是尽心护驾的随从。我深知黎明远未到来，但有你的日子，纵使天空暗沉，仍见星辰闪耀，月有清辉。

房子，花园，坡道，院门，甚至 Happy……每一样开始都是因你而来，而每一样最终都带给我大快乐。譬如此时，窗外的山楂树上，某对白头鹎夫妇又来造访，这或许是他们例行的餐后散步，就像之前，你和 PP 每天要做的一样。

猫头鹰先生也是你挑选的吧？至少你喜欢他。否则当我们大吵一架，他准备摔门而去和我老死不相往来时，为什么发现你就坐在门口，纹丝不动，赫然挡住他的去路。而第一次见面，你就迎上去，站起来扑到他怀里。他假装镇定欢喜，实则心惊肉跳——他说喜欢大狗其实全是叶公好龙。但无论如何，初次见面，互有好感，你俩的表现都相当不错。

但悲伤时，能做什么？或许只是静静地期待一切过去。我怎能知晓你会这样突兀地离去，以我从未设想的方式。生活变迁，从未停止，或龟速前进，或动如脱兔——好像我们第一次在蟒山遇见的那只，黄色野兔。那也是个夏天，而你我都还年轻。纵然娇生惯养，但生为黄金猎犬，你仍能警觉地发现草中的兔子，即刻追赶……

然而，猎犬与猎物的距离越来越远，野兔最终成功逃逸。

　　黄昏的蟒山曾是我们的乐园，林木葱茏，空气清甜，鸟鸣山幽。跟着你，惊喜不断，也偶有狼狈。那次我们上山不久，暴雨倾盆而至，一人一狗瞬间透湿。电闪雷鸣，下山无望，我们只好就近避雨。护林人是对年轻夫妇，笑着招呼我们躲进他们的家。接过男主人递上的毛巾，我边擦干发梢，边好奇打量。几间平房，门前搭个鸡棚，灶上一口柴锅，此时炊烟袅袅，男女主人正一起在厨房忙活。小院柴扉，匹夫匹妇，寻常日子……自从一头撞见神仙眷侣，对生活的期待就再也无干"成功"。

　　有你的岁月，我常以"退步"为乐。一起在雪地撒欢的日子远比无休止的工作美好，如果每天能在午后的阳光里伴着你和 PP 的鼾声打个盹儿，功名利禄又有什么要紧？春秋两季最适宜在小院烧烤，你们盯着肉串的专注样子不啻为对我的最大犒赏。还有那些在屋里摆弄铁炉生炭火烤白薯的严寒天气……水仙花和奶茶混合的香甜和你的可掬憨态一起，封存在我的美好记忆里。每个人过的都是自己唯一配得上的生活，假若我们同在木甲板上晒太阳的日子还能重来，我愿以我余下的生命时光等价交换。

　　我绝口不提你的离开。不为保守秘密，只是单纯地不想和任何人讨论任何关于你的话题，这是很私人的感情，很私人的伤痛，无人能懂，亦无法分担。或许伤口永难愈合，谁让我在情感户头上预先大笔支取，你的慷慨，终成我的账单，数额再高，我也全部认下。我原是不会照料自己也不懂幸福道理的人，亲爱的淇淇，是你的阳光把我生活里的阴霾变成好天气。

　　但我会努力活成你希望的样子，仿佛你仍在身边，不断提点。我会照顾好你最爱的金毛女生 PP。知道吗？为保护关节，我们禁止她频繁爬楼，最近，猫头鹰先生出差时，我已经能独力抱着五十几斤的她上楼睡觉，是不是很厉害？我还拾起画笔，描摹和你在一起的好时光，感觉刹那即是永恒。

　　当然，我也收回了一笔小小欠款：我的腿上，还有你十年前咬下的一口伤疤。要不要就在白色的疤痕旁边文你的名字，反正你再也无法抵赖：看，你有你的狡猾，我有我的神勇。

这一次，无论如何，要带上你，带着爱的文身，直到我生命的终点。

最后，我们都会死去。

然而那些"在一起"的瞬间，让我们永生。

感谢相遇。纵然我们并不属于彼此。

梦的钥匙

"今晨失眠，两点打开手机听《十点谈心》，后来梦见你来我单位找我，看见你，我就抱着你哭啊哭啊……我什么也没说，但你好像一切都了解。哭了好久，后来又问了你各种问题，你都一一解答，再后来，就被五点的闹钟惊醒了！梦里和你亲密地在一起相处了两个多小时，那叫一个温暖啊！醒来后到现在，觉得胸中多年郁闷之气荡然无存，真的有那种打开一扇窗户的感觉。哈哈哈！"

和煦温暖的中午，读一位听友在公号后台的留言，不觉莞尔。我去了她的梦里，用我的某个分身，而另外的分身正在自己梦中忙于其他会面和交谈，体会着另外的美好。我全然理解她的感觉，至于打开的那扇窗，我笃定，它真实存在。

我的日记，正面写生活，背面写梦境。

什刹海水边的酒店被桥接在南京秦淮河上，我推开诺拉咖啡的木质长窗，和维多利亚港的夜景隔水相望。流星坠落，像夜空中盛开的礼花，燃烧后的尘埃美丽灼热，需要撑起雨伞遮蔽。我绕过树丛，一轮巨大的柠檬色圆月正从国槐后面探身张望……当屋脊变成一条卡通巨龙，活泼泼地在人背后扮起鬼脸，我讶异不已，却毫不害怕。令人担忧的只是小区里逾墙而走的棕熊，还有客厅里那只细嗅奶油爆米花的西伯利亚虎。

我会腾空，然后在高楼之上凌波微步，缓缓降落时只要猛踩几步，就能再次迅速攀升。使用这项技能，我游刃有余，就像游泳和骑车，初学时虽然费些功夫，可一旦入门，没齿难忘。我喜欢飞行和滑翔，自由自在。

这是一个人的游戏。只是，那个睡着的人和这个醒着的人，到底是不是同一个？

大脑是御用编剧，我每天都期待他的新作。醒来后第一桩要务，就是观看昨夜最新下载的剧集。梦里的海外旅行无须申请，也没有签证。有时，我甚至觉得在梦里我才真正苏醒，譬如里维埃拉的温暖海水，让我周身慵懒，无比释然。唯一扫兴的是，即使在梦中我也依然经常收到提醒，要上直播，于是不得不于美轮美奂的世界各地收拾行李，赶飞机，打道回府。

我是记录者，不是创作者。睡着时，感觉自己演进成更灵敏的雷达，专注捕捉各种信号，在大脑中一一显影。

因为不想遗漏，我需要安卧枕上，阖上双眼，把杂乱梦境悉数回顾，收集拣选所有轮廓清晰的残片，无论形状颜色，努力拼接，然后放回记忆的匣中，留待时光验证。日记本上，左页的梦境比右页的现实华美壮阔一千倍。这是我的游戏。繁复拼图，日复一日，乐趣无穷。

蜡梅是黄色的。但是，在梦里，它却是明媚的湖蓝色，好像梵高博物馆里那幅《盛开的杏花》里天空的颜色。所有美好的场景都有湖蓝色装饰，屏风，手机，花瓶……以及瓶中的蜡梅。和多年未见的友人惊喜重逢，更受邀到他家中做客，一进门，异香扑鼻，从门廊走向客厅，在转角处瞥见那只瓷瓶，湖蓝色的蜡梅在瓶中静静绽放，一时间我只觉自己被甜腻的暖香拥抱着，熏然欲醉。友人絮絮诉说的惦念，引来我如常的戏谑，我假装不以为然，不想，友人忽然拿出手机，点开图册，其中竟然满是我的照片。我无可遁形，泫然泪下……

金毛君在进行晨起的例行溜嗓，被他浑厚的声音唤醒时，上午的阳光正透过厚厚的窗帘照在脸上，醒来的刹那，整个卧室分明充溢着湖蓝色蜡梅的奇异暖香，足足三秒。

多年前这个梦境，甚至无须记录，历久弥新。也许，那"湖蓝"不是梵高的杏花里天空的颜色，而是……潘多拉星球上纳威人的颜色。彼时，《阿凡达》正在热映，潘多拉星球的美奇异震撼，叹为观止。两百多米高的参天巨树，星罗棋布飘浮空中的群山，色彩斑斓的茂密雨林，各种奇特动植物在夜晚还会发光……如同一座梦中的奇幻花园。

在潘多拉星球上，纳威人一直与其他物种和谐相处，过着一种简朴天然的生活。而人类的采矿公司在利益驱动下，派遣战机，决意摧毁纳威人生存的家园树。纳威人听说人类要让他们离开大树，都很愤怒，采矿公司派遣的战机发现他们协商失败，于是下令开火，摧毁了他们前进的障碍——纳威人赖以生存的家园树，纳威人的领袖也在炮火中罹难。没有了生存之地的纳威人被迫暂居神树之下。男主杰克终于又得到纳威人的信任，他们联络潘多拉星球上其他民族的人，组建起一支几千人的反抗军，反抗联盟和采矿公司的军队展开血战，结果，纳威人反抗军最终打败了人类，将遣送采矿公司全部离开潘多拉星球……

《阿凡达》，我看了两遍，哭了两场。3D 眼镜从泪水奔涌的脸上一再滑脱。浴血奋战的场面，触目惊心，心如刀绞。那不是玄幻，而是现实。我们对抗的到底是敌人，还是自己的贪婪？神性的家园树是否就是自然母亲，而纳威人，不过是我们身体内长久蜗居的另一个自己——他是大自然真正的孩子。

也许在黑暗的掩护下，我们才能放肆痛哭。正如，在梦里醒转来的灵魂，或许才是真的自己。

梦的河山里隐居着故人：散落天涯的旧友以及逝去的亲朋。那里有日思夜想的重逢，以各种独特奇异的方式。他们的灵魂闪闪发光，可能化身斑斓透明的大蝴蝶，翩翩飞舞，优雅降落，拂去我们肩头的沉重思念。那首《思念》的灵感或许正来自梦中的狂喜：你从哪里来，我的朋友，好像一只蝴蝶飞进我的窗口，不知能作几日停留，我们已经分别得太久太久……梁山伯和祝英台并不是真的变成了蝴蝶，但也许，蝴蝶驮着的，是他们的灵魂。灵魂没有重量，不承载任何期待，没有责任与义务，也无关成功和欲望，因而，一只蝴蝶就能背得起来。

爷爷，奶奶，还有我最爱的金毛君淇淇……现在，他们都在梦里。对我而言，梦是一条神奇隧道，以最安全无害的方式，通达生命中最幸福的时光。那些拥有特别人物的时段，好像特别年份的佳酿。子在川上曰：逝者如斯夫。但其实时光不是一条河，而是一条果粒面包，你喜欢的那颗美味果实，就镶嵌在那里，等你寻回。又或者，时光是道瞬间冰封的河流，你的记忆，如冰中的水藻和鱼儿，永远只在那里，等你擎着虔诚的初心照亮——心有多通透，梦就多美好。

对我而言，睡去的时间和醒来的时间有着同等价值——假如不是更加珍贵的话。那些美好宁静的胡同、商店、学校、院落，合抱的大树、清澈的湖泊，在梦中一一复活，现实翻转，原来它们不曾真的消失，它们被完好保存在另外一个时空里，等待每天的那个时候，和我一起醒来。

拼图游戏是我捍卫睡眠的最充分理由。我常想探问那些鼓吹早晨四点半起床，见证城市黎明的"成功者"们，如果你们知道在用什么交换成功，还会那样沾沾自喜么？

你问我要梦中的富贵还是锅中的黄粱？我不是落榜的卢生，也不曾遇见吕仙，但如果运气好，我要从梦中的冰河复刻两三块美丽的坚冰，扛回白昼，然后摆在我幸福的版图里，有生之年，让它不断生长。生命的路上，我们注定不断与挚爱离散，但如果你能找到正确的路径，在梦中，幸福依然完好如初。我们竟然能够经历同样程度的欢乐，在一晚饱足的睡眠之后。所以，还要求什么呢？

我最近爱上的一本童书里这样写：那天早晨，猫头鹰告诉我们，他会在午夜来接我们。我们必须要准时，还要做好一切准备。他的嘴里紧紧衔着小小的金钥匙，带着我们飞向靛蓝色的夜空。我们准备好了去面对……

我的梦里常有关于人生挑战的钥匙，当艰难和明天一起来临，踟蹰不前的日子里，除了侦探小说，就是翻开陈年日记，找寻旧梦中散落的灵感。我发现，梦和现实总是互相印证，在不远或相当久远的未来，然后，一扇被你忽略的窗，倏忽打开。

睡着时，我们往往更清醒，也更乐于接受真正无价的礼物。梦是神奇的预告绘本，若能读懂，便能于生命的奇峰湍流间涉险而过。梦也是一个神秘的入口，在里面，我们可以找到一系列独特的生命创造力。不过，这份奖励，老天只颁给有慧根的孩子。你，是吗？

我知道，你会想，我应该讲一个故事，关于美梦照进现实。不过，那些故事比海还要辽阔，比山还要深奥，你确定想要听吗？我可能还要絮絮地讲上一小时，而此刻，更深露重，我已疲乏得不适于讲述玄幻的来龙去脉。深夜两点，真的该去睡了，每晚，我都要删繁就简，甄选芜杂道路中的一条，好以最快的速度折返冰封的河边。当想象像风一样在夜半醒来，吹拂着所有快乐的灵魂，梦的精灵正挥舞着闪闪发亮的魔法棒，召唤我们。我要及时赶到，奔赴比直播更重要的约会。

后 记

以 41 岁的智慧，答 11 岁的问卷

暑假里，收到一份小朋友的特殊调查问卷。看完这个问卷，我深深觉得：有时候，换个角度去思考人生也很有趣。如果是你收到这份问卷，你会给出怎样的答案呢？

各位大人们，您们好。我是一名 11 岁的男孩，我和您们有一个很大的区别就是，我没有工作，而您们有！这个暑假，我想了解各种各样的职业，因为我非常好奇，大人们每天那么忙，而他们又不用上课，做卷子写作业，那他们究竟在做什么呢？

所以，请您一定，在百忙之中，帮助我回答下面的问题，让我对大人的世界多一些了解！谢谢您的帮助！

● 能用简单的话描述一下您的工作吗？

我是广播电台的主持人。在一档节目中和搭档一起讲述北京城里新近发生的一些事情，都是和普通民众生活息息相关的。在

另外一档节目中，和另外的搭档——一位心理专家一起，回答一些问题，提问的都是信任我们的听众，而问题五花八门，有关感情、职场、家庭、自我成长等方面。

● 请问您通常一天会安排做哪些事？可以列一个时间表出来吗？非常好奇！

我通常上午起床，做我自己喜欢的事情，比如阅读、写大字、浏览新闻、写日记、吃早午餐（我一天通常只吃两顿正餐），最重要的任务是陪伴和照顾我的两只金毛猎犬。除有特殊情况，我都会在下午 4 点前出门，5 点到达单位，准备直播。如果晚上需要录节目，我会在单位餐厅吃晚饭，然后和约好的嘉宾开始节目录制，否则我可能直接去健身房，或者安排和朋友一起晚餐、谈心。我通常会在晚上 11 点左右回家，遛狗，回答公众号里听众的提问以及撰写文章。通常会在夜里两点前上床睡觉。我给自己定下的原则是保证每天不少于 8 小时的睡眠，每周不少于 3 次的锻炼。

● 请问当年您是怎么开始做这份工作的？

工作的开始非常简单。我是北京广播学院（现在叫中国传媒大学）的毕业生，毕业那年参加了广播电台的考试，正式入职。最开始做编辑，后来又做了记者和主持人。对了，我不是学播音的，我大学的专业叫广播电视文学。

● 您觉得工作是什么呢？工作和您的关系是什么样的？

工作当然首先是养活自己的饭碗。但这个饭碗最好是你喜欢的，兴趣本身就是一种打赏，让你除了养家糊口之外还能重新发现自己，工作也是关于你是谁的一种坐标，有鉴于此，做了喜欢的工作也就不会过于压抑和疲惫。我的工作是生活的一部分，节目主持人工作的特殊性可以让我大模大样地接触很多有趣的人，听他们的故事，能获得很多感悟，同时也结识不少朋友。

● 您在工作中遇到过哪些困难的事情吗？当时的感受怎样？

到了我这个年纪，你就会知道，人生中的挑战源源不绝，而工作中的那些所谓困难几乎不值一提。我觉得工作本身对我而言没有任何问题。但附加的障碍、伤害和挑战一直存在。如果你知道自己是谁，想要怎样的生活，以及成为怎样的人，只要坚持原则就好了，这也不难。

● 当您完成一天的工作时，感受是什么？最想做什么？

结束一天工作，当然是喜悦之情溢于言表啊。我说了，工作不过是生活的一部分，远远不是全部。所以，结束工作之后，就欢天喜地地进入其他部分啊，做运动、泡温泉、做按摩，和朋友喝咖啡，回家和我的狗狗们在一起。

● 假如有一个机会让您重新选择您的工作，您会选择什么职业？还会选择现在的职业吗？

我没想过这个问题。但我真的不认为工作成就对一个人有那么重要。主持人不过是一重身份，或者说是个标签，主持人是提问者，也是和听众分享信息、生活和价值观的人。现在的职业早就不是一成不变的，跟着自己的内心，你可以不断尝试。当然，目前的工作还是带给我很多快乐，我觉得我很适合干这个，很大程度上和天赋有关。我想我的听众、嘉宾和搭档们也同意。工作能力被认可，终究是件值得开心的事。还有什么能发挥自己天赋的工作？占星师？动物保护组织工作者？心理治疗师？作家？如果有机会，我或许愿意尝试。

● 如果您还有其他方面想告诉我的，我特别想听！

最后，无论你将来做什么工作，也无论你有多么出色，还是有可能达不到自己的目标。要相信每一种命运的安排都自有道理。所以，不要贪恋成功，而要活出自己。顺境中善待世界，逆境中放过自己，做个心安理得的有趣的人。人生是场饕餮盛宴，我要祝你好胃口。

四季轮回，昼夜更替。时间在变，空间在变，很多简单的道理却永恒不变。全书按照一年四季划分，从一年最寒冷的银色冬天开始，写到金色满满的收获季秋天。全书一共38篇文章，作者以其独有的视角和细腻的笔触，向读者展示了时光流逝中对岁月的思考。这些有着印象派画作风格的文章来自于作者刘思伽的日常工作和生活中对于人生的思考，以她遇见和经历的有意思的人和事串联。一个主题之下可能是单独的故事，也可能包含多个故事，每个故事都能启发读者对于自己人生的思考。

　　作者倡导在忙碌、喧嚣的都市里，在拥堵的通勤路上、漫天的雾霾之中，仍然尽量保有内心世界的丰富充盈，并且强调人格的独立和灵魂的自由，面对复杂的人世，删繁就简，选择恬淡。即使没有诗和远方，但愿我们仍能对苟且说不。

图书在版编目（CIP）数据

闲着 / 刘思伽著. — 北京：机械工业出版社，2018.1
ISBN 978-7-111-58732-3（2018.4重印）

Ⅰ. ①闲… Ⅱ. ①刘… Ⅲ. ①随笔 – 作品集 – 中国 –
当代 Ⅳ. ①I267.1

中国版本图书馆 CIP 数据核字（2017）第304505号

机械工业出版社（北京市百万庄大街22号　邮政编码100037）
策划编辑：姚越华　张清宇　　责任编辑：姚越华　张清宇
封面设计：吕凤英　　　　　　责任校对：张　力
插画设计：郭弈君　　　　　　插画顾问：菠萝圈儿
责任印制：常天培
北京联兴盛业印刷股份有限公司印刷

2018年4月第1版·第3次印刷
145mm×210mm·9.5印张·171千字
标准书号：ISBN 978-7-111-58732-3
定价：49.80元

凡购本书，如有缺页、倒页、脱页，由本社发行部调换
电话服务　　　　　　　　　　网络服务
服务咨询热线：010 – 88361066　机 工 官 网：www.cmpbook.com
读者购书热线：010 – 68326294　机 工 官 博：weibo.com/cmp1952
　　　　　　　010 – 88379203　金 书 网：www.golden-book.com
封面无防伪标均为盗版　　教育服务网：www.cmpedu.com